AF890256

Camilla Läckberg

Verdad o reto

Traducción de Claudia Conde

Planeta

PEFC Certificado

Este libro procede de bosques gestionados de forma sostenible

PEFC

PEFC/14-38-00305

www.pefc.es

La lectura abre horizontes, iguala oportunidades y construye una sociedad mejor.
La propiedad intelectual es clave en la creación de contenidos culturales porque sostiene el ecosistema de quienes escriben y de nuestras librerías.
Al comprar este libro estarás contribuyendo a mantener dicho ecosistema vivo y en crecimiento.
En **Grupo Planeta** agradecemos que nos ayudes a apoyar así la autonomía creativa de autoras y autores para que puedan seguir desempeñando su labor.
Dirígete a CEDRO (Centro Español de Derechos Reprográficos) si necesitas fotocopiar o escanear algún fragmento de esta obra. Puedes contactar con CEDRO a través de la web www.conlicencia.com o por teléfono en el 91 702 19 70 / 93 272 04 47

Título original: *Gå i fängelse*

© Camilla Läckberg, 2021
Published by arrangement with Nordin Agency AB, Sweden
© por la traducción, Claudia Conde, 2023
© Editorial Planeta, S. A., 2023
Avda. Diagonal, 662-664, 08034 Barcelona (España)
www.planetadelibros.com

Ilustración del interior: © Sentavio / Freepik

Adaptación de la cubierta: Booket / Área Editorial Grupo Planeta
Imagen de la cubierta: © Anna Mutwil / Arcangel
Primera edición en esta presentación: septiembre de 2024

Depósito legal: B. 13.506-2024
ISBN: 978-84-08-29230-2
Impresión y encuadernación: Liberdúplex, S. L.
Printed in Spain - Impreso en España

Para Meja y Polly

PRIMERA PARTE

1

A Liv Andréasson le gusta *Walk Like an Egyptian*, que suena por la radio.

El taxista se balancea al compás de la música. Huele a sudor y tiene espinillas microscópicas en la nuca. De vez en cuando le echa un vistazo furtivo a Liv por el retrovisor y, en cada ocasión, ella desvía la mirada.

«No pasa nada —piensa ella—. Te perdono que apestes a sudor y que te hayas relamido cuando me has visto salir por el portal, aunque me saques por lo menos treinta años.»

Una conductora de Taxi Stockholm le salvó la vida hace cuatro años y, desde entonces, se mantiene fiel a la empresa. A diferencia de sus amigos, nunca usa Uber.

La mirada del taxista la busca otra vez.

Ella gira la cabeza y se pone a contemplar la ciudad.

Estocolmo desfila al otro lado de la ventanilla, oscuro y nevado.

Calles invernales en el país del invierno.

La gente pasa envuelta en pieles o enfundada en gruesos plumíferos, sobre vestidos de fiesta, y su aliento forma nubecillas a la luz de las farolas.

Walk Like an Egyptian se acaba, y un presentador que respira audiblemente al hablar anuncia que faltan poco más de seis horas para que comience el nuevo año. Liv ha empezado a maquillarse por la tarde, en el estudio de la calle Valhallavägen. En realidad vive en casa de sus padres. El apartamento lo alquiló en secreto, a través de una web de anuncios. Lo tiene desde hace tres meses y le permiten que se quede tres más, porque la propietaria se ha marchado a Bali a encontrarse a sí misma. Liv pasa todo el tiempo que puede en el diminuto estudio. Cada día, nada más salir de clase, se va hacia allá. A sus padres les dice que se queda a dormir en casa de una amiga, para estudiar. A pesar de todo, en verano se graduará.

Nunca ha sentido el impulso de enseñarle a nadie su refugio. Bueno, sí, le gustaría invitar a una persona, pero sabe que eso no ocurrirá nunca. El taxi gira, pasa por un túnel y al salir Liv ve brillar las aguas del río Söderström. En la otra orilla resplandecen las luces de la ciudad. El vehículo se detiene bruscamente cuando comienza a levantarse el Danviksbro, el puente sobre el canal. Liv saca la botella de Sprite con vodka y se la lleva a los labios. Después rebusca un poco en el bolso hasta encontrar las pastillas que ha guardado en un bolsillo interior y se mete una en la boca. La deja sobre la lengua y el conocido sabor amargo empieza a difundirse por su paladar.

—¿Ha tenido un buen año? —pregunta el taxista.

—No mucho. Hace dos semanas murió mi madre.

Últimamente las mentiras le surgen con la mayor naturalidad. La primera vez que mintió sobre su madre fue en una fiesta, hace más o menos un año. Las palabras le salieron de la boca casi sin proponérselo y, cuando notó la conmoción del chico con el que hablaba, experimentó una curiosa sensación de libertad, semejante a una borrachera. Para Liv era como si su madre no existiera. Y si no existía, tampoco podía decepcionarla.

El hombre se ha quedado sin habla y Liv se

siente satisfecha. Lo ha pillado con el pie cambiado. Es evidente que no sabe cómo reaccionar. Parece como si buscara palabras de consuelo, pero finalmente se conforma con murmurar:

—Lo siento.

—No estábamos muy unidas.

El paisaje fuera del vehículo se vuelve cada vez más familiar. Allí ha pasado su infancia, a orillas del estrecho de Skuru, en las afueras de Estocolmo. Se mudó con su familia, desde la ciudad de Örebro, cuando tenía cuatro años. Es una zona de casas grandes, con vistas al estrecho. Algunas, las mejores, tienen embarcadero propio. Desde los barcos que pasan sus ventanas se ven como acuarios donde los ricos hacen su vida. Liv lo sabe porque en uno de esos acuarios vive su familia. En este momento los pocos coches que circulan por las calles son taxis. Los todoterrenos y los deportivos han quedado aparcados en los senderos o guardados en los garajes. La mayoría de las casas están cerradas a cal y canto. Los habitantes de la zona del Skuru suelen recibir el Año Nuevo en Chamonix, en el Tirol austríaco, en las Seychelles o en las Maldivas. En esta época mirar el Instagram de Liv es como dar la vuelta al mundo.

El conductor detiene el taxi y Liv le tiende la tarjeta, teclea el número secreto y paga en silencio. Se apea del vehículo y se alisa la falda del vestido corto que lleva.

El viento frío la hace tiritar. Con once centímetros y medio de tacón, sus piernas parecen todavía más largas y delgadas. En eso espera superar a Martina, que es su mejor amiga, pero también su principal rival. Siempre están compitiendo, aunque se apoyan mutuamente en todo. Su relación lo es todo menos complicada.

Hay un charco helado en el sendero que la hace trastabillar y maldecir entre dientes. Siempre le pasa lo mismo. Levanta la vista para asegurarse de que nadie la ha visto desde la casa y se agarra a la barandilla para no resbalar en ninguno de los tres peldaños cubiertos de hielo. Llama al timbre.

La puerta se abre enseguida.

—Llegas temprano —dice Max, en camisa y pantalones de esmoquin, con la pajarita aún sin anudar, colgada del cuello.

No es frecuente verlo así. Lo normal es que vaya en camiseta, cazadora de cuero y vaqueros rotos. A él no le sienta mal esa forma de vestir, aunque sus compañeros de estudios sean más propensos a los jerséis y las camisas en tonos pastel.

—Me estaba cambiando —continúa Max, apartándose para dejarla entrar.

Liv intenta interpretar su tono de voz. ¿Se alegra de verla o habría preferido estar más tiempo solo? Es curioso lo que le pasa con Max. A veces tiene la sensación de conocerlo a fondo, mientras que otras lo ve como un extraño que ni siquiera habla su mismo idioma. Sin embargo, se conocen desde la infancia. Max se fija en su vestido negro de falda cortísima, pero no hace ningún comentario. Ni siquiera sus ojos le transmiten nada. Solo mira y registra lo que ve.

La casa tiene tres plantas y es una de las más grandes y lujosas de la zona. La planta baja, donde celebrarán el Año Nuevo, consiste únicamente en un gigantesco salón diáfano, con vistas a las sombrías aguas del estrecho. Parte del ambiente está dominado por una zona de cocina, con una isla inmensa y espacio para por lo menos doce comensales. Un poco más allá destacan dos enormes sofás de Svenskt Tenn con tapizado clásico de Josef Frank. Es como una vasta sala de exposiciones, decorada con piezas famosas del diseño contemporáneo y tesoros heredados de la familia que harían palidecer de envidia a los subastadores de Sotheby's. Es un entorno que sin duda impresiona a los visitantes.

El padre de Max es un importante directivo de un banco y su madre es ama de casa, aunque en realidad nunca se ha dedicado personalmente al cuidado del hogar, ni tampoco al de sus hijos cuando aún lo necesitaban. Tienen personal de servicio para todo. Max es el pequeño de cuatro hermanos y el único que todavía vive con sus padres.

Delante de los ventanales está puesta la mesa, cubierta de pequeños detalles que parecen estallidos de oro y de luz. De la lámpara de araña de cristal cuelga una guirnalda donde puede leerse: «¡Feliz Año Nuevo!»; sobre el mármol de la isla de la cocina hay cuatro cubos de hielo, de los que sobresalen los cuellos de otras tantas botellas. Aunque serán solamente cuatro personas, hay al menos cuarenta copas de vino y champán preparadas.

—¡Qué bien te ha quedado! —Liv ríe—. Pero ¿por qué tantas copas?

—Para no tener que beber más de una vez de la misma.

—Mañana habrá mucho que fregar.

—No es problema mío —responde Max encogiéndose de hombros.

Apoyada en la isla de la cocina, Liv se pasa las yemas de los dedos por un brazo y siente que su piel reacciona. Un escalofrío le recorre todo el cuerpo. De entrada piensa que debe de ser por el frío, pero enseguida comprende que es la pastilla, que empieza a hacerle efecto.

—¿Un chupito antes de que vengan los otros? —propone Max abriendo ya el armario acristalado con iluminación interior.

Saca dos vasos pequeños, los coloca sobre el mármol junto a Liv, extrae una botella de vodka Absolut de la cubitera y llena los dos vasos hasta desbordarlos. Con un dedo recoge las gotas derramadas, se las lleva a la boca y hace una mueca. Después repite el movimiento y le tiende el dedo a Liv, que lo lame apresuradamente. Le gustaría demorarse con los labios en torno al dedo de Max, pero no se atreve. En silencio levantan los vasos y apuran el vodka echando hacia atrás la cabeza.

Los dos se estremecen y dejan los vasos sobre el mármol.

—Tus padres ya han llegado. Los viejos piensan desmadrarse como si no hubiera un mañana —comenta Max.

Esta vez el tono de desprecio es inconfundible en su voz.

Le hace un gesto a Liv para que lo acompañe hasta la ventana y señala la casa vecina. Liv reconoce enseguida la espalda de su madre por la larga cabellera roja, suelta sobre la piel desnuda. Está de pie, hablando con el padre de Max. Hay ocho personas, entre ellas el hombre que hace cuatro años violó a Liv cuando todavía era virgen. Llevaba bastante tiempo sin verlo, y su cuerpo se pone alerta instintivamente. Una escena pasa por su mente y por un segundo se le hiela la sangre. Le echa un vistazo rápido a Max, para ver si ha notado su reacción, pero comprueba que sigue mirando la otra casa. A Liv le gustaría señalarle al hombre y decirle: «Ese tipo me violó», pero se muerde el labio y calla. Nunca se lo ha contado a nadie. ¿Cómo reaccionaría Max? ¿Qué sentiría hacia ella? Probablemente asco.

—¿Sabes preparar algún cóctel? —le pregunta Liv apartándolo de la ventana y llevándolo por un brazo al armario de las bebidas.

—¿Qué te apetece?

—Sorpréndeme.

—¿Me tomas por un barman sudoroso? —pregunta Max con expresión severa.

Pero enseguida se le ilumina la cara con una sonrisa. Llena dos vasos de hielo, echa un montón de vodka y a continuación un poco de refresco. Le tiende un vaso a Liv y levanta el otro para brindar. Entrelazan mutuamente los brazos antes de beber y les da tanta risa que la mitad de la bebida acaba en el suelo o en su ropa.

Entonces ríen todavía más.

Pero de repente Max deja de reír y se aparta de Liv, que se vuelve para ver qué sucede. Martina y Anton los están observando. La mirada de Martina pasa de forma alternativa de Max a Liv, inquieta y tal vez preocupada, pero sin el menor asomo de enfado. Más bien asombrada.

Ya se ha quitado el abrigo. Lleva un vestido con lentejuelas y tacones de aguja. Lo más seguro es que ya haya colgado varias fotos de su *outfit* en Instagram. La melena rubia le cae en cascada por los hombros y la espalda. Si se ha puesto celosa, no se le nota.

Anton está a su lado, de esmoquin y con el pelo peinado hacia atrás. Parece que los zapatos le están grandes. Se acerca a Liv mientras Max besa a Martina. Liv se deja envolver por la gran masa corporal de Anton, que huele a Calvin Klein. Mientras tanto mira con el rabillo del ojo a Max, que agarra a Martina y la besa con estudiado histrionismo, como en una vieja película de Hollywood.

—¡Nos divertiremos mucho esta noche! —exclama Martina arrastrando consigo a Liv en dirección al cuarto de baño.

Se levanta sin el menor reparo la falda del vestido, se baja hasta las rodillas las bragas negras y se sienta en la taza del váter. Liv se apoya de espaldas contra uno de los dos lavabos.

Martina es su mejor amiga y la adora, aunque ya no suelen verse después de clase desde que Liv ha conseguido el estudio de Gärdet. De hecho, debería habérselo contado a Martina, pero quería tener algo que fuera solamente suyo, un lugar donde poder estar tranquila. Y no estaba segura de que su amiga pudiera entenderla, ni de que fuera a mantener la boca cerrada.

Martina no deja de parlotear. Liv la oye, pero no la escucha. Llaman a la puerta.

—Soy yo.

Es la voz de Max.

—Espera un momento —responde Martina.

Se pone de pie, se sube las bragas y se arregla el vestido. Antes de indicarle a Liv que ya puede abrir, se mira al espejo. Liv los deja solos en el baño y, mientras se aleja en dirección al comedor, oye que vuelven a cerrar la puerta y echan otra vez el pestillo.

En el mismo lugar donde hace apenas dos minutos Max le ha metido un dedo en la boca la espera Anton, con el móvil en la mano. De repente el equipo de audio despierta y la música inunda el ambiente desde todos los frentes. Liv nota que su amigo está hablando, pero el volumen de la música (parece algo de Rihanna) no le deja oír lo que dice. Anton se guarda el teléfono en el bolsillo y va al encuentro de Liv.

—¡Joder, qué guapa eres! —exclama—. Como una modelo.

Liv nota que está nervioso, aunque intente aparentar seguridad y confianza en sí mismo. Tiene la garganta seca. Va a buscar una copa.

—Tú tampoco estás nada mal.

Le gusta Anton. Es uno de los chicos más populares del instituto de Skuru, probablemente por ser el mejor amigo de Max. De hecho, vive a la sombra de Max, del mismo modo que Liv vive a la sombra de Martina desde la escuela primaria. En cuanto los otros dos regresen del baño Anton volverá a centrar toda su atención en su amigo, se envalentonará otra vez y, llegado el momento, empezará a hacer chistes idiotas sobre el escote de Liv e incluso es posible que le pida entre carcajadas una mamada.

Liv no lo culpa. El chico tiene que entretener a Max, esforzarse por ir de malote y, al mismo tiempo, mantener a su amigo en un pedestal. Es su trabajo, su obligación.

Ahora está de pie delante de la ventana. Liv lo observa. Es guapo, pero carece del carisma de Max, ese misterioso atractivo que algunos tienen y otros no. Está mirando hacia su casa, donde la fiesta de sus padres está en pleno apogeo. Un hombre en uniforme blanco sirve canapés y casi se puede oír el tintineo de las copas.

—¿Se estarán divirtiendo? ¿Tú qué crees? —le pregunta ella.

—Acabo de estar allí, así que puedo asegurarte que no. No se divierten. Se miran en los otros como en un espejo. Presumen de éxito y hablan de sus empresas, sus coches, sus viajes y otras cosas sin sentido. Chismorrean sobre las desgracias ajenas. Ya sabes cómo son. Algún día nosotros también seremos como ellos. En el fondo es bastante triste.

—¿De verdad crees que dentro de unos años estaremos tan vacíos como ellos? —pregunta Liv, y Anton suelta una carcajada.

—Apuesto lo que quieras a que ellos decían lo mismo de nuestros abuelos y abuelas, hace veinte años. Es increíble cómo se heredan estas cosas.

Liv ve al hombre que la violó, que coge un canapé de la bandeja y se lo lleva a la boca. Recuerda sus labios, sus dientes. Conoce exactamente la sensación.

—¿Qué te pasa? —pregunta Anton, mirándola intrigado.

—Nada —responde Liv reaccionando.

—Se te había puesto una cara muy rara. ¿Estás borracha?

Liv asiente.

—Sí, debe de ser eso. He empezado a beber mientras me arreglaba para salir.

—¿Y tus padres no lo han notado?

Liv está a punto de revelar la existencia del apartamento, pero se echa atrás.

—Tengo un par de botellas escondidas en mi habitación.

Anton sonríe, se vuelve hacia la encimera y deja correr el agua del grifo mientras busca un vaso. Espera un momento y comprueba la temperatura con el dedo antes de llenarlo. No es la primera vez que le sirve un vaso de agua cuando ella ha bebido demasiado, por eso sabe que le gusta muy fría. Le tiende el vaso a Liv, que se lo agradece. Anton puede ser amable y atento, y eso a ella le gusta.

Mientras se bebe el agua piensa en Max y Martina, que todavía están en el cuarto de baño. Probablemente se estarán enrollando. Según Martina, lo hacen a menudo: dos o tres veces al día. Puede que en este instante Max le esté metiendo un dedo en la boca a Martina, el mismo que Liv le ha lamido hace un momento. Sus salivas se estarán mezclando a través de Max.

Hace casi cuatro años aquel tipo la violó por primera vez, en el maletero abierto de su BMW X6. Ella volvía de un partido de hockey sala y él la llamó por la calle, desde su coche. Pero en lugar de llevarla directamente a su casa, le preguntó si no le importaba acompañarlo a hacer un recado. Se desvió por un camino boscoso y bajó hasta una ribera fría y solitaria. Su mano empezó a buscarla y al principio solo le rozó el hombro, pero enseguida bajó hacia sus pechos y se perdió entre sus piernas. El hombre tenía la boca entreabierta. De repente se apartó de Liv, abrió la puerta del coche y ella lo vio rodear poco a poco el vehículo. La hizo bajar y la condujo con suavidad por la hierba helada. Después abrió el maletero y le indicó que se tumbara. Como el espacio era muy reducido, las piernas le colgaban por fuera. Entonces el hombre le quitó con torpeza los pantalones de deporte y las bragas. Liv no protestó ni hizo nada. Se quedó paralizada mientras él la embestía.

Más tarde, esa misma noche, se puso un abrigo grueso y salió de su casa sin que nadie lo notara. Estuvo caminando un rato, tratando de entender lo que había pasado y si realmente había sido violada. Lo cierto era que no se había resistido. No había intentado golpear al hombre, ni patearlo, ni morderlo. Se había quedado inmóvil. Había ofrecido tan poca resistencia que el tipo parecía estar seguro de que no iba a contárselo a nadie.

Siguió vagando en dirección al centro, hasta dejar atrás la zona más protegida de grandes casas aisladas. Recorrió senderos peatonales y vías para ciclistas, y pasó por hileras de casas más modestas, centros comerciales y primorosas viviendas de comienzos del siglo XX. Aturdida, no prestaba atención a la oscuridad ni al frío. No sentía nada, no era capaz de pensar. O, mejor dicho, no podía pensar en nada que no fuera la misma pregunta, una y mil veces repetida: ¿qué había pasado en realidad? De repente, tras dos horas andando, se encontró en el Danviksbro, el puente sobre el canal. Estuvo un buen rato contemplando el agua oscura antes de subirse al parapeto. Prácticamente no había tráfico, pero un coche se detuvo a sus espaldas, con un frenazo que hizo chirriar los neumáticos. Liv se volvió y leyó «Taxi Stockholm» en un lateral del vehículo. Al volante iba una mujer. Era más bien rellenita y de baja estatura, con aspecto de madre.

—¡No te tires! —gritó—. ¡Por lo que más quieras, no te tires!

Sin responder, Liv se volvió de nuevo hacia la oscuridad. La taxista intentó serenarse y hablar con un tono de voz que no fuera tan apremiante ni tan desesperado. Se acercó a ella poco a poco y se agachó a su lado.

—Por favor, cielo, no saltes. No sé qué te ha pasado, pero ya verás como todo se acaba arreglando. Piensa en tu familia y en las personas que te quieren. Tienes toda una vida por delante.

Liv se volvió otra vez despacio. La mujer tenía los ojos llenos de lágrimas y las mejillas enrojecidas por el frío y el viento. Le tendió la mano en actitud suplicante. Todavía hoy Liv sería incapaz de decir por qué aceptó la mano de aquella mujer y se bajó del parapeto.

Se abrazaron y después la taxista la llevó a su casa.

—¿Sabes cuándo llegará la cena?

Liv sale bruscamente de su ensoñación y el recuerdo de la mujer que le salvó la vida aquella noche se disuelve como una tableta efervescente. Al ver que Anton la está mirando se da cuenta de que lleva unos segundos apretando con fuerza el vaso vacío. Lo deja sobre la encimera.

—Creo que los del catering vienen a las nueve.

—Yo ya tengo hambre —se queja Anton masajeándose el vientre con la mano, como un niño pequeño.

Su gesto hace sonreír a Liv.

—¿Quién puede esperar hasta las nueve? Voy a pedir algo por Foodora —continúa Anton, sacándose el móvil del bolsillo—. Vale, hecho. En un rato un indio bajito vendrá resoplando en su bici con una pizza para mí.

Liv deja de prestarle atención y se acerca al mueble bajo el televisor adosado a la pared, en el otro extremo del enorme salón. Abre los cajones y curiosea su contenido. ¿Qué van a hacer las próximas seis horas? Beber, por supuesto. Comer. Pero ella quiere algo más. En uno de los estantes encuentra un viejo juego de Monopoly. Levanta con cuidado la tapa y contempla el tablero y las tarjetas. Sin preocuparse por lo que puedan decir los demás, va hacia la zona de los sofás, coloca el juego sobre la mesa y ordena en fila las fichas metálicas.

2

Al ver el tablero del Monopoly desplegado sobre la mesa, Max siente un escalofrío. Hasta hace un momento pensaba que la noche sería divertida, pero ahora tiene que echar un vistazo rápido a su alrededor para asegurarse de que los demás no han notado el cambio en su estado de ánimo.

Tras una tarde de juegos de mesa, cuando Max tenía diez años, se produjo la ruptura definitiva. Cualquiera que no conozca a fondo la situación pensará que Johan, el hermano mayor de Max, que actualmente trabaja en un banco de Londres, sigue formando parte de la familia. Para los padres de Max lo más importante es mantener las apariencias de familia perfecta. Todo lo demás es secundario. Sin embargo, después de aquella partida de Monopoly que jugaron hace ocho años,

Johan rompió definitivamente con su padre tras asestarle un puñetazo en un ojo. Fue como si en un segundo toda la infancia de ambos hubiera estallado dentro de Johan y se hubiera desbordado.

Tras unos instantes de caos Johan huyó corriendo y desapareció en la luminosa tarde de verano. Mientras la madre de Max iba a buscar una bolsa de guisantes congelados para el ojo contuso, su padre miró al resto de la familia con el ojo sano y anunció que a partir de ese momento quedaba prohibido dirigirle la palabra a Johan o mencionarlo. Max, su madre y sus otros dos hermanos agacharon la cabeza y obedecieron, sin protestar.

Como habían hecho siempre.

Aunque Max está enfadado con Johan por haberse marchado, sabe que lo hizo por él. Entiende que solo intentaba protegerlo y también protegerse a sí mismo.

Desde aquel día nadie ha vuelto a hablar de Johan en la casa familiar.

Pero su padre no sabe que Johan llama a Max todos los años en dos fechas señaladas: su cumpleaños, el diecinueve de junio, y en Nochevieja.

Max se pregunta si también lo llamará esta vez.

Espera que sí, pero es imposible saberlo con certeza.

El cuello de la camisa le aprieta un poco. Se lo separa con dos dedos y traga saliva. Martina ha insistido en que se pusiera pajarita, pero a él le sigue pareciendo ridículo. Es una simple reunión de cuatro amigos que se conocen desde que nacieron, pero a Martina le preocupa sobre todo la imagen que transmitirán en sus redes sociales. Dentro de poco lo arrastrará fuera, a la terraza con vistas a las aguas del estrecho, y lo obligará a posar con ella.

—¡Cuatro! —exclama Martina, y enseguida lleva su ficha a la casilla correspondiente, que es la de la plaza Norrmalmstorg, la más valiosa—. La compro.

Anton mira la pantalla del teléfono móvil, que ha dejado sobre la mesa, y resopla irritado.

—¡Puto indio! El imbécil se ha equivocado de dirección. ¿Cómo de listo hay que ser para repartir una pizza hawaiana? No me extraña que el subnormal trabaje montado en una bici, repartiendo comida. La cabeza no le da para más al puto retrasado.

Nadie reacciona. Están acostumbrados a los estallidos de ira de Anton.

—¡Mirad! —chilla enseñando el móvil a sus amigos—. Ahora se ha parado. ¡Se toma su tiempo el gilipollas! ¡Le importa una mierda que la pizza se enfríe! Estos repartidores de Foodora no tienen la menor ética laboral. Debería escribirle un email a su jefe para que lo despidan. Le podría decir que ha intentado meterle mano a Liv. Lo malo es que todos pensarían que ella lo ha provocado. ¡Todo Skuru sabe que es una puta de lujo!

Se echa a reír a carcajadas y busca con la mirada la complicidad de Max.

Tras una sonrisa fugaz Max se recuesta en el sofá y bosteza.

Liv se levanta y hace aspavientos con los brazos, como si fuera a pegar a Anton, que se agacha para evitarla. Cuando vuelve a sentarse el vestido se le ha subido por los mulsos, dejando al descubierto parte de las bragas negras que lleva debajo. Max lo nota, pero al cabo de un instante se obliga a desviar la vista.

—Este juego es un muermo. Deberíamos subir las apuestas —propone.

El parloteo de los demás se interrumpe bruscamente, como si alguien hubiera apretado un interruptor.

—¿Cómo? —pregunta Liv.

—El dinero del Monopoly no vale nada —dice Max apoyando la copa sobre la mesa. Coge un puñado de billetes y los deja caer en la alfombra—. No somos niños. Podemos inventar nuestras propias reglas. Cuando alguien caiga en una calle que ya haya comprado otra persona, podrá pagar o bien...

—¿O bien qué?

—O bien elegir entre verdad y reto.

Martina asiente y Liv también.

—¡Mira cómo se ha puesto Liv! —exclama Anton con una risita sardónica—. Con solo pensar en un poco de contacto humano, ha empezado a jadear. Ve a buscar una bolsa de plástico para poner en el sofá, que debe de estarse empapando.

Martina se echa a reír y Liv hace como si no lo hubiera oído. Pero Max se da cuenta de que las constantes pullas de Anton le hacen daño a Liv. Sin embargo, no piensa hacer nada al respecto. ¿Qué podría hacer? Si de verdad le molesta tanto a Liv, que lo diga. Como él mismo ha comentado hace un momento, ya no son niños.

Es el turno de Martina. Tira los dados y avanza con su ficha hasta Vasagatan, una de las calles de Anton.

—Verdad —escoge.

Anton se recuesta en el sofá, con la copa en la mano, y la observa.

—¿Con cuántos tíos te has acostado?

Martina pone los ojos en blanco y enseguida le lanza a Max una mirada interrogante.

—Adelante, me da igual —la anima él.

Es verdad. Le da lo mismo. Él lo ha hecho con tres chicas, aunque suele afirmar que han sido alrededor de cincuenta cuando se lo preguntan.

—Pero no quiero decirlo.

—¡Venga, dilo! —le insiste Anton terminándose la bebida. Los cubitos de hielo tintinean en la copa—. Eres una chica seria. Apuesto a que no han sido más de cinco.

—Siete.

Max agita los dados y los lanza. Un cuatro y un tres. Max coge su ficha, que es la de la plancha, y la hace avanzar siete casillas, hasta caer en Odengatan. Martina se vuelve hacia él.

—Es mía. Págame.

Max reflexiona un momento. Considera la pila de billetes de papel y hace un gesto negativo.

—Ni hablar. Verdad.

—¿Cuál de tus hermanos es tu preferido?

Max arruga la nariz.

—¿Qué quieres decir?

—Estás en una habitación con tus tres hermanos. Entra un tipo con una pistola y te dice que los matará a todos menos a uno, el que tú elijas. ¿A quién salvas?

Liv y Anton lo están mirando expectantes.

—¡Vaya pregunta de mierda!

Sin poder evitarlo Max vuelve a ver mentalmente, como en una película, el momento en que el puño derecho de Johan alcanza con violencia el ojo de su padre. Después su padre cae al suelo. Johan se abalanza sobre él y prepara un segundo puñetazo, pero se contiene. Se aclara la garganta y se arranca un gargajo que aterriza en la mejilla de su padre.

«No vuelvas a ponerle la mano encima, ¿me has oído?»

Max tiene la mirada perdida en el vacío.

—Johan —dice en voz baja.

Es el único que lo ha defendido alguna vez.

Se levanta, va a buscar uno de los cubos de hielo con bebidas a la isla de la cocina y lo coloca en la mesita del salón.

Uno tras otro, todos se rellenan las copas.

En ese momento llaman a la puerta.

—¡Por fin! —grita Anton poniéndose de pie—. Ven conmigo, Max.

Max lo acompaña y, al abrir la puerta, aparece un hombre de cierta edad, vestido con la chaqueta y el gorro rosa de la empresa de reparto Foodora, bajo el casco de ciclista. Lleva una caja de pizza para Anton.

—Que aproveche —dice el repartidor con una sonrisa, y se dispone a marcharse por el sendero.

Anton levanta la tapa de la caja y apoya la mano sobre el borde de la pizza.

—¡Espera! —le grita al hombre.

El repartidor se detiene y vuelve sobre sus pasos.

—¡Está fría! —protesta Anton—. La puta pizza está fría. ¿Te has parado a comer curry por el camino o qué? —añade, con falso acento indio.

El hombre hace un amplio gesto con los brazos.

—Lo siento, señor. Me he caído de la bicicleta. Hay mucho hielo en las calles en esta época del año.

—¡Vaya subnormal! ¿Por qué no te vuelves a Bombay?

El hombre se muerde los labios y agacha la cabeza. A Max le da pena. ¿Por qué tendrá que exagerar tanto Anton? Por otro lado, lo entiende. A nadie le gusta la pizza fría.

Anton parece furioso.

—Podrían calentarla un poco, si tienen microondas —sugiere el repartidor, en tono conciliador.

—¿Que si tenemos microondas? —suelta Anton entre carcajadas—. ¡Claro que tenemos microondas, mermado! Pero tu trabajo es traerme la pizza caliente.

—Lo siento, de verdad.

—¿Sabes qué? Esta pizza la vas a pagar tú. De lo contrario me quejaré a tus jefes. Les diré que nos has faltado al respeto y que te has comido un trozo. Mi amigo Max lo confirmará. ¿Qué te parece? ¿Quieres perder esa mierda de trabajo que tienes?

—Por favor, señor. No es justo.

—El mundo no es justo.

El repartidor asiente y, lentamente, se saca el móvil del bolsillo. Con manos temblorosas teclea el número de Anton, que enseguida siente en el suyo el zumbido de una notificación. Transferencia recibida. Anton le pasa la caja con la pizza a Max y comprueba el importe. Con un resoplido le cierra la puerta en la cara al repartidor.

—¡Qué poca vergüenza tienen algunos! —exclama.

Max le devuelve la caja.

Mientras Anton calienta la pizza en el microondas, Max se acerca a la ventana y contempla la otra fiesta. Ve a su padre, que ríe a carcajadas, hablando con la madre de Martina. Gesticula y ríe de nuevo. Su imagen es la de un perfecto padre de familia, y Max vuelve a sentir una ira creciente en su interior, como tantas otras veces.

Liv se le ha acercado imperceptiblemente y ahora está a su lado. Permanecen en silencio, rozándose los hombros.

El verano pasado se besaron, o al menos así lo recuerda Max. Los dos estaban borrachos, en una fiesta un par de casas más allá. Es probable que también hubieran fumado marihuana. Martina se había dormido en un sofá. Cantaban los pájaros, la noche era clara y hacía calor, y decidieron bajar a darse un baño. Se quedaron en ropa interior y se metieron en el agua. De repente se besaron. Liv sabía a regaliz y tequila. Se apretó contra él y entonces Max notó que no llevaba puestas las bragas. Sentía el pubis de ella contra el muslo.

—No se lo cuentes nunca a Martina —le susurró Liv antes de volver nadando al embarcadero.

Después se secó, se vistió apresuradamente y regresó a la casa.

No han vuelto a mencionarlo, pero Max piensa a menudo en aquel momento. Ahora siente el impulso de preguntarle por aquella noche. ¿Es cierto que se besaron? ¿O se lo ha imaginado? No lo sabe con certeza. Iba demasiado borracho y, además, había fumado.

—¿Te molesta cuando Anton... dice esas tonterías? —le dice en voz baja, en lugar de hacerle la otra pregunta.

Liv se vuelve y lo mira asombrada, como queriendo comprobar si habla en serio. Después niega con la cabeza.

—No. ¿Por qué? No lo hace por maldad. Ya sabes cómo es.

Enseguida vuelven a los sofás, donde Anton ha empezado a cortar y repartir la pizza. Cuando le tiende un trozo a Liv finge que se le cae y hace un comentario que Martina festeja a carcajadas. También Liv se ríe.

A veces las bromas que se hacen entre ellos son demasiado hirientes, en opinión de Max, pero también es verdad que entre los cuatro hay una unión difícil de expresar con palabras. Esta noche el resto de sus compañeros de clase iban a una fiesta con muchísima gente, pero Max, Anton, Liv y Martina han preferido estar solos, porque así lo pasan mejor. Incluso rodeados de una multitud siempre son ellos cuatro. Así ha sido desde el jardín de infancia. Cenas, vacaciones, escuela de hípica y clases de golf. Siempre los cuatro. Han crecido juntos, igual que sus padres. Pero sobre todo en los últimos años es como si hubieran levantado una muralla entre ellos y el mundo exterior.

Max atrae hacia sí a Martina y le mete la lengua en la boca. Ella responde al beso con más avidez todavía. Su saliva sabe a orégano, y también a piña y tomate. Max nota que Liv los observa y se siente culpable, sin tener muy claro a cuál de las dos está traicionando. Se aparta de Martina.

—¿A quién le toca ahora? —pregunta mirando a su alrededor.

—A mí —contesta Liv tendiendo la mano hacia los dados.

Los lanza y salen dos cincos. Avanza con su ficha en forma de barco y cae en Karlavägen, que es de Max.

—Reto —pide Liv.

—Líate con Anton —le dice Max.

—¿En serio?

Anton endereza la espalda, expectante.

—O sal a rodar por la nieve.

—De acuerdo, pero solo si enciendes la sauna.

Anton se hunde de nuevo en el sofá.

—Ya está encendida —responde Max, y Liv le sonríe.

Se pone de pie y se dirige al vestíbulo. Se quita el vestido por la cabeza y se tapa el pecho con las manos. Max vuelve a verle las bragas negras y observa que no lleva sujetador. El recuerdo del último verano lo invade otra vez. Los demás se ponen los abrigos y los zapatos y salen de la casa detrás de Liv, que se lanza a la nieve gritando, rueda por el suelo y enseguida se levanta y se pone a saltar.

—¡Mierda, qué frío, qué frío, qué frío!

Pasa corriendo y chillando por un costado de sus amigos en dirección al sótano, donde está la sauna. Max oye los pasos de sus pies descalzos y el ruido que hace la puerta de la sauna al abrirse.

Los tres amigos regresan al salón.

—¿Quién va ahora? —pregunta Anton.

—Liv otra vez. Le ha salido un doble cinco.

Anton coge un trozo de pizza, lo enrolla y se lo mete en la boca.

—¿Cuándo vienen los del catering? —pregunta sin dejar de masticar.

—Les he dicho que cenaremos a las nueve, así que deberían estar aquí hacia las ocho para empezar a poner la mesa y prepararlo todo.

—¿Qué vamos a cenar? —quiere saber Martina.

—Ya lo verás.

—¡Qué emocionante! —responde sin entusiasmo—. Podemos aprovechar la pausa para hacer unas fotos —añade pasándole el teléfono a Anton.

Después comprueba la caída de su vestido, le arregla la pajarita a Max y le entrega la americana del esmoquin. Él se la pone y se pasa la mano por el pelo antes de salir a la terraza. Estremecido de frío acciona un interruptor, que derrama sobre ellos la potente luz de unos focos. De espaldas contra la barandilla, los dos levantan las copas. Max le pasa un brazo por los hombros a Martina y ella coloca una pierna delante de la otra (para que parezcan más estilizadas, como ha descubierto hace tiempo) y sonríe.

—¿No puedes alegrar un poco esa cara, Max? —pide Anton disparando unas cuantas fotos.

Martina va cambiando de pose, pero mantiene siempre la misma sonrisa, como si la llevara dibujada.

—A ver, enséñamelas —dice finalmente.

La sonrisa se desvanece y Martina se aparta de Max, va hacia Anton y le quita el teléfono de las manos para estudiar con atención las fotos, una a una.

—Son buenas. Lo haces bastante bien —comenta apreciativa.

—He tenido que aprender. Debo de haberos hecho unas diez mil fotos este último año —responde Anton.

Al otro lado de la ventana está Liv, que se ha puesto otra vez el vestido. Tiene el pelo mojado y las mejillas enrojecidas por el calor de la sauna, o quizá por el frío que ha pasado en la nieve.

Max apaga la luz de la terraza y todos vuelven al salón. Nada más entrar Martina anuncia que necesitará unos minutos de tranquilidad para escoger la mejor foto y retocarla. Tiene once mil seguidores en Instagram y el doble en Snapchat, y es preciso cuidarlos.

Anton se sirve una copa y se la bebe de un trago, pero enseguida se marcha en dirección al lavabo.

—Voy a mear —explica.

Max y Liv se quedan solos, en silencio. Ella sentada en el suelo, descalza, con las piernas cruzadas. Él en el sofá, con las rodillas separadas, pensando en algo que Anton le contó hace unos días. Le dijo que había visto a Liv entrando en un portal, en Gärdet. Que seguramente se estaría acostando con un tipo mayor que ella.

—¿Sales con alguien? —le pregunta Max mientras le sirve más champán.

—No.

—Anton dice que tienes un rollo en la ciudad.

Liv frunce el ceño.

—Anton no dice más que tonterías.

—Me ha contado que te vio entrar en un portal en la calle Valhallavägen hace un par de semanas, acompañada de un tipo que debía de tener por lo menos cuarenta años.

—Anton está enfermo. Dile que deje de seguirme. —Liv bebe un sorbo de champán y deposita la copa sobre la mesa—. Pero no —añade mirando a Max directamente a los ojos—. Hace mucho que no salgo con nadie.

Cuando al cabo de un instante regresan los otros dos, se reanuda la partida. De vez en cuando Max saca el teléfono y le echa un vistazo. Su hermano no lo ha llamado aún.

Justo cuando le llega el turno de lanzar los dados, le empieza a vibrar el móvil. Al ver que es Johan coge el teléfono, sale a la terraza y cierra la puerta a sus espaldas.

—Hola, hermanito —dice Johan—. ¿Cómo va todo?

—Bien. ¿Y por allí? —pregunta Max.

—Todo bien. Estamos a punto de sentarnos a cenar. ¿Cómo lo celebras?

—En casa.

—¿Solo?

—No, con Anton, Martina y Liv.

—¿Adónde han ido mamá y todos los demás? —quiere saber Johan.

—Truls se ha ido al sur. Sara está en Åre, creo. Y mamá está en casa de los padres de Anton. En una fiesta bastante patética, por lo que veo desde aquí.

Johan ríe. Un viento frío sube desde la orilla.

—Pero tú estás bien, ¿no? —insiste.

El tono de voz es cariñoso, con un punto de preocupación.

—Sí, claro que sí. Genial.

Se hace un breve silencio.

—Voy a ser papá —anuncia Johan—. Es una niña. Nacerá en junio, quizá el día de tu cumpleaños.

—Enhorabuena. ¿Qué nombre le pondréis?

—Todavía no lo sabemos. ¿Alguna idea?

—No, pero me lo pensaré.

—Muy bien, piénsatelo. Aún no se lo he dicho a nadie, porque es un poco pronto. Pero ahora ya lo sabes. ¿Te gustaría venir en otoño, para conocerla? Para entonces ya habrás terminado el instituto, ¿no?

—Sí, estaría bien —responde Max.

—Y podríamos ir juntos al fútbol. A ver al Arsenal. ¿O prefieres el Chelsea? Yo invito.

Una voz femenina al otro lado del mar del Norte le dice algo a Johan y él le contesta en inglés.

—Ahora vamos a cenar, pero me ha gustado hablar contigo. Tenemos que organizar ese viaje. Cuídate, hermanito.

Max pone fin a la llamada y se queda con el teléfono en la mano, apretándolo con fuerza. Apoya los brazos sobre la barandilla y deja vagar la mirada por la oscuridad mientras repasa la conversación, palabra por palabra. Se alegra por Johan, pero siente un nudo en la garganta y una lágrima le rueda por la mejilla.

A sus espaldas oye golpes en la ventana. Recompone la expresión y se vuelve.

Es Martina.

—¿Con quién hablabas? —le pregunta ella.

Max vuelve a entrar en el salón.

—Con la empresa de catering —le responde él—. Les costaba encontrar la casa.

3

En realidad a Martina Liska no le gusta el alcohol; sin embargo, ya ha bebido dos copas de champán y dos combinados. Es muy influenciable. Si fuera por ella no bebería nunca, pero sabe que no soportaría la presión ni las preguntas de los demás. Si hay algo que Martina detesta es que la gente le haga preguntas. Hace que se sienta distinta o que no forma parte del grupo.

A ratos la habitación le da vueltas. Mira a Max, que avanza con su ficha por el tablero y pide «reto» cuando cae en una calle ajena.

Desde su puesto en el sofá ve todo el tiempo lo que sucede en la otra casa. De hecho no necesita ver a su madre para saber lo que va a pasar, pero no deja de vigilar todos sus movimientos. Sabe que sus gestos se volverán más exagerados, y su tono de voz, más estridente, y que al final se pondrá agresiva, o excesivamente sentimental y llorosa.

—Rápate la cabeza —propone Liv.

Martina se sobresalta. ¿En serio ha dicho eso? Liv y Max se miran y se echan a reír a carcajadas.

—¡Qué tontería! ¡No va a raparse! —exclama Martina mirando inquieta a Max—. No te vas a rapar, ¿verdad? —le dice directamente a él—. ¡Te lo prohíbo!

Liv intenta intervenir y decir algo en defensa de Max para que Martina entienda la gracia del reto. Pero ¿por qué iba a ser divertido ir por ahí con la cabeza rapada como un idiota? Todo el mundo lo tomaría por un tipo raro.

Martina se niega a escuchar a Liv.

—Perdona, pero estoy hablando con mi novio —la interrumpe.

Al instante Liv cierra la boca. Pero justo cuando Martina se vuelve para hablar con Max este se levanta del sofá, dejándola con la boca abierta. Humillada, Martina lo ve encaminarse muy decidido hacia el cuarto de baño, con Anton y Liv detrás. Cuando se dispone a seguirlos ve en la casa vecina a su padre hablando con la mujer con la que se acuesta. Al fondo distingue a Victoria, su madre, que no parece prestarles atención. ¿Será que ya va demasiado borracha? Martina aparta la vista y se obliga a ir con los demás.

Max está sentado en la taza del váter, con una toalla sobre los hombros. A su lado Liv empuña una ruidosa máquina de afeitar, que le va pasando por la cabeza. En el suelo, en torno a sus pies, ya se amontonan varios mechones oscuros.

—Hazle una cresta, Liv. Rápale solo los lados —propone Anton.

Martina querría ponerse a gritar. En lugar de eso corre hacia Liv y le arrebata el aparato de las manos, pero ya es demasiado tarde. Mientras los otros tres se carcajean, Martina tiene ganas de llorar y, al mismo tiempo, se siente avergonzada. Después de todo, ¿qué importancia puede tener el peinado de Max? Ninguna en absoluto. Pero ha comprobado que su novio ya no la escucha. Ya no presta atención a sus opiniones, que antes valoraba tanto. Y le da mucho miedo lo que ha descubierto, porque sabe que es el principio del fin.

Al comienzo de su relación Martina no cabía en sí de felicidad. Era perfecto, era como estar finalmente en el lugar que le correspondía. Hacían una pareja tan ideal que todo el colegio les tenía envidia. ¿Cuándo habían empezado a torcerse las cosas?

No quiere seguir viendo lo que está pasando. Les vuelve la espalda a sus amigos y, oyendo sus animados comentarios, regresa al salón. Del cubo de hielo que queda sobre la isla de la cocina saca una botella de vodka.

Desenrosca el tapón.

Echa atrás la cabeza y bebe varios tragos. El alcohol le quema la garganta y le calienta el estómago. Reprime una arcada.

Tiene que relajarse. No le gusta ser así.

—Basta ya, tranquilízate —se dice a sí misma en voz baja—. Si sonríes y eres amable, le gustarás más.

¿De dónde le viene esa necesidad de controlar a los demás? Sabe que no debería comportarse así con Max. Es consciente de que a veces sus exigencias son irracionales e incluso llegan a ser neuróticas y, sin embargo, no puede evitarlo. Pero Martina conoce la respuesta. En un foro de internet que ha visitado alguna vez, aunque preferiría morir antes que admitirlo, ha leído que los hijos de padres alcohólicos a menudo desarrollan una intensa necesidad de control debido a la constante sensación de impotencia que han padecido durante la infancia.

Se deja caer pesadamente en el sofá y se queda mirando al vacío.

La primera vez que vio una prueba de la infidelidad de su padre, Karl, fue hace tres años. Su madre ya bebía y Martina la odiaba por eso. Pero entonces fue como si su costumbre de beber a escondidas, que antes le parecía incomprensible, de repente tuviera una explicación y fuera mucho más soportable.

Lo descubrió durante unas vacaciones en Tailandia con la familia. Le había cogido el teléfono a su padre, sin que él lo notara, para ver las fotos que le había hecho durante el día, por si había alguna aprovechable para sus redes sociales. Mientras miraba las fotos llegó un mensaje de texto. Lo abrió sin pensarlo y vio que era de Nicole. Era evidente que tenía una relación con su padre. Picada por la curiosidad, siguió mirando, e incluso encontró fotos de Nicole desnuda. Pero lo que más daño le hizo fue leer los mensajes en los que su padre le contaba a su amante lo mucho que se aburría en el viaje, cuánto la echaba de menos y cómo le habría gustado compartir con ella las vacaciones. ¿Estaría su madre al corriente de la infidelidad? Buscó las conversaciones entre sus padres y enseguida comprendió que su madre lo sabía todo.

Había mensajes airados, en los que su madre acusaba a su padre de humillarla, y estallidos de furia, en los que lo describía como un ser despreciable.

También lo amenazaba con contárselo todo a sus hijas.

Por la hora de los mensajes, Martina observó que incluso se habían estado intercambiando ese tipo de invectivas en los últimos días, especialmente a la hora de comer, cuando la familia estaba sentada a la mesa.

Jamás lo habría imaginado.

Era como estar conviviendo con dos extraños, dos personas que ya no se querían ni se respetaban.

No volvió a dirigirle la palabra a su padre durante el resto del viaje. Él le preguntaba a menudo si estaba enfadada, pero ella no le respondía.

Lo peor para Martina es no poder hablar con nadie al respecto. Ni con su madre, visiblemente destrozada; ni con su padre, culpable de llevar a toda la familia al abismo; y tampoco con sus amigos. ¿Qué pensarían de ella?

Si el rumor saliera de su círculo más cercano y empezara a circular por el colegio, imagina que ella sufriría las consecuencias, y también Adrienne, su hermana pequeña. Y a su hermana quiere protegerla a toda costa, porque no es más que una niña inocente e indefensa. Aunque se llevan varios años están muy unidas, y Martina no quiere que sufra la misma decepción que le han causado a ella los adultos. Piensa hacer todo lo posible para impedirlo.

Sabe, por supuesto, que todas las familias tienen problemas y secretos. Una vez a Max se le escapó que su padre le había pegado un puñetazo en una ocasión, cuando era pequeño. Pero cuando Martina se lo mencionó al día siguiente se puso furioso. Le dijo que lo había entendido mal y que dejara de beber tanto.

Las carcajadas y los gritos de sus amigos se vuelven cada vez más ruidosos, hasta que finalmente salen del baño. Max tiene pinta de loco. Liv lo ha rapado casi por completo, dejándole solo una línea irregular de cabello oscuro en medio de la cabeza. Martina hace un esfuerzo para reírse con ellos. Entonces Max se alegra y parece más relajado. La rodea con los brazos y ella siente una calidez interior.

—Mañana me rapo lo que falta —le susurra al oído.

Su tono es conciliador.

—Como quieras —le murmura ella—. Con pelo o sin pelo, para mí siempre serás el más guapo del mundo.

Liv está a punto de tirar los dados cuando llaman al timbre.

—Los del catering —anuncia Max levantándose para ir a abrir la puerta—. Podemos trasladarnos al piso de arriba mientras ponen la mesa.

Martina coge el móvil y fotografía el tablero antes de recogerlo para llevarlo al piso superior con la ayuda de Liv. No les hace falta hablar. Es algo que Martina nota cada vez con más frecuencia: se lleva mejor con su amiga cuando están los chicos. En presencia de Max y Anton las dos hacen un esfuerzo. Ríen y bromean. Pero cuando ellos no están parecen más rígidas.

Con el tiempo han crecido cada una a su manera y se han ido separando. Martina echa de menos la amistad que tenían cuando eran pequeñas. Entonces todo era mucho más sencillo. Ahora a veces tiene la sensación de que Liv la evita, como si le ocultara algo.

La habitación del piso de arriba también tiene

grandes ventanales que dan al estrecho, pero la vista a la fiesta de los mayores no es tan buena. Mejor así.

La alfombra que cubre el suelo de pared a pared ha costado trescientas cincuenta mil coronas, según le ha dicho Max a Martina. No es fácil caminar con zapatos de tacón por una alfombra tan espesa, de modo que Liv se quita los suyos antes de empezar a colocar las fichas en el tablero, guiándose por la foto.

Martina también estaría más cómoda descalza, como Liv, pero no le gustan sus piernas sin tacones. Quiere que parezcan más largas y esbeltas, y esta noche necesita darle a Max su mejor imagen.

En cuanto suben los chicos se ponen a jugar. Le toca el turno a Anton. Tira los dados y saca un doble tres.

—Reto —dice, y Martina nota que le hace un guiño a Max.

Se da cuenta de que traman algo y de que su plan guarda relación con Liv, pero en cuanto Max abre la boca para hablar Liv lo interrumpe.

—Se nos ha olvidado el champán en el piso de abajo —dice—. Voy a buscarlo.

—No. —Max se opone decidido—. Anton,

baja a la bodega de mi padre y trae dos botellas de vino. Del más caro. Nada de pis de rata. Que cueste por lo menos diez mil coronas.

—Pero... —protesta Anton.

—Todavía no he terminado —lo interrumpe Max—. Si no sabes el precio, puedes buscarlo en Google. Trae las dos botellas y te diré cuál es tu reto.

Anton se pone de pie y se aleja a paso rápido, visiblemente decepcionado por no poder meterle mano a Liv. A la espera de que vuelva con el vino, Liv coge la botella de vodka de la mesa y se la pasa a Martina, que bebe un trago. Mientras tanto Liv le cuenta a Max algún detalle de un videojuego que le gusta. Viendo el interés con el que su novio la escucha, Martina no puede reprimir los celos. Liv sabe hacer reír a Max y consigue que le preste mucha más atención que a ella, sobre todo en los últimos tiempos. A Martina le gustaría saber cómo lo hace.

Intenta intervenir en la conversación, pero se da cuenta de que ya no hablan, porque han oído los pasos de Anton por la escalera.

—¿Cuál es la más cara? —le pregunta Max a su amigo.

—Esta —responde Anton levantando la botella de la derecha.

—Ábrela y derrama todo el vino.

Martina mira a Anton, que no parece haberlo entendido.

—¿Que lo derrame?

—Sí, en la alfombra.

—Pero si tu padre se entera de que he sido yo, me matará.

Max se pone de pie.

—Quitamos el sofá, derramamos el vino sobre la alfombra y lo volvemos a poner en su sitio. Nadie lo notará.

Las evidentes dudas de Anton son perfectamente comprensibles para Martina. Max baja a la cocina a buscar un sacacorchos, abre las botellas y les pide a las chicas que levanten las patas delanteras del sofá y lo sujeten así un momento.

—Vamos, tira ya el puto vino —le dice Max a Anton en tono irritado, antes de beber un sorbo de la otra botella.

Su amigo asiente, va hacia el sofá y empieza a derramar el vino tinto sobre la alfombra. De repente se interrumpe. En lugar de derramarlo todo de golpe, lo deja caer poco a poco y dibuja un pene sobre la alfombra.

Max se echa a reír.

—¡Muy bueno!

Con renovada confianza por el apoyo de Max, Anton termina su obra. La gruesa alfombra absorbe rápidamente el vino.

Martina y Liv sueltan el sofá, que cae en su sitio con un golpe amortiguado. La mancha no se ve. Así de sencillo es tapar una fechoría.

—¿A quién le toca? —pregunta Martina.

—A mí otra vez.

Anton vuelve a tirar los dados. Un uno y un dos. Avanza tres casillas. La calle donde cae también es de Max, que incluso ha construido un hotel.

Max y Anton intercambian una mirada cómplice. Martina está segura de que ahora el reto será liarse con Liv. Pero no es así. Max hace un gesto hacia el piso inferior, donde la empresa de catering está sirviendo la cena.

—¿No has dicho que estaba buena la chavalita del catering?

—Sí, ¿por qué?

Max hace una pausa para aumentar la tensión.

—Baja y dile que quieres hablar con ella en privado. Y cuando vaya le preguntas cuánto te cobra por una mamada.

Martina confía en que Anton proteste, pero únicamente suelta una risita aguda. ¿Qué otra cosa se podía esperar de él?

—¡Qué enfermo estás, tío! —le suelta a Max con evidente admiración.

A Martina le gustaría decir que está en contra, porque una cosa así supera todos los límites. Busca la mirada de Liv, pero su amiga ha bajado la cabeza y tiene la vista fija en la alfombra. Martina abre la boca para hablar, pero cambia de idea. Los otros pensarán que es una aburrida y no quiere ser la culpable de aguarles la fiesta.

Anton se va por la escalera y Martina se queda junto a la ventana, contemplando la otra casa. Abajo, junto a uno de los pilares de la casa de Anton, está su padre, Karl, fumando un cigarrillo.

A su lado está Nicole, la madre de Anton.

Martina los observa; mientras tanto, su padre echa una mirada rápida a su alrededor antes de atraer a Nicole hacia sí y besarla. Martina sofoca una exclamación de pánico al ver con el rabillo del ojo que Liv se acerca a la ventana.

4

La escalera cruje bajo el peso de Anton, que se mueve lentamente, lleno de malestar por lo que está a punto de hacer. Sin embargo, sabe que no tiene alternativa. Las tres personas de allí arriba son las únicas del mundo que le importan y de cuya amistad y cariño no duda.

Además, tan malo no puede ser. Da por hecho que la chica del catering ya habrá recibido propuestas peores y, encima, de viejos babosos. De tipos gordos y barrigones, con hemorroides en el culo. En comparación, él es todo un chollo para ella. ¿Quién sabe? Hasta es posible que la chavala se alegre por la ocasión de ganar un dinero extra.

De la planta baja le llegan retazos de conversación en una lengua extranjera, entre el tintineo de la vajilla. Anton se ha parado en el último peldaño del tramo de escalera, delante de una fotografía de la familia Ludwigsson.

Son los cuatro hijos y los padres, todos en bañador, bajo un sol radiante, en la arena de una playa.

Anton se fija enseguida en Max, delgadísimo, con las costillas perfectamente definidas bajo la piel. Su hermano Johan le pasa un brazo por los hombros y los dos miran con seriedad a la cámara. Max no debía de tener más de cinco años en la foto, pero ya entonces era su mejor amigo. Si se esfuerza, Anton recuerda un viaje de la familia Ludwigsson a Mallorca.

Se acerca a la fotografía, con la sensación de que algo no encaja. Hay algo extraño en la imagen, pero no podría decir exactamente qué.

Oye pasos y, cuando levanta la vista, ve a la chica a la que debe preguntarle por el precio de una mamada. Ella le sonríe y él la saluda con un movimiento de la cabeza.

—Nos falta poco para terminar. ¿Tenéis hambre? —le dice.

—Solo estaba yendo al lavabo —responde él, y pasa al lado de la chica apretándose contra la pared para no rozarla.

Una vez en el cuarto de baño cierra la puerta y

pasa el pestillo. Se sienta en el váter y se echa hacia delante con los brazos apoyados sobre los muslos. Hace un par de inspiraciones profundas. Preferiría no hacerlo, pero sabe que no tiene alternativa. ¿Qué clase de persona sería si se echara atrás?

El olor de la comida que están sirviendo en la mesa es delicioso. La sonrisa de la chica se le ha quedado grabada en la retina. Es preciosa y parece muy simpática. Debe de ser bastante desagradable trabajar en Nochevieja. Seguro que a ella también le gustaría estar en casa con sus amigos. ¿Dónde vivirá? Probablemente en uno de los barrios donde se amontonan los inmigrantes: Rinkeby, Tensta, Hjulsta o Akalla. A la línea azul de metro, que pasa por esos barrios, la llaman el Orient Express. ¿Y si la chica tiene un novio mafioso y el tipo quiere vengarse de él cuando le cuente lo que le ha dicho?

Podría volver con los demás y decirles que ya lo ha hecho, pero ¿y si bajan y se lo preguntan a ella? Tiene que seguir pensando. Podría decirles que la chica se lo ha tomado a broma y se ha echado a reír. No; se darían cuenta de que les está mintiendo. Por lo general se le da bien mentir, pero no con sus amigos. Lo pillan enseguida, como si su cuerpo fuera un acuario, y sus sentimientos, peces de colores nadando en su interior. Siempre ha sido así.

Le viene a la mente el repartidor de Foodora, al que ha tratado tan mal. Se pregunta qué necesidad había de humillarlo. Cualquiera puede caerse de la bici cuando las calles están heladas.

Saca el móvil del bolsillo y le devuelve el importe de la pizza más una generosa propina. En la línea del concepto, escribe: «Feliz Año Nuevo».

Se pone de pie y abre la puerta con las manos sudorosas.

Sale al pasillo. El aroma de la comida deliciosa que los espera en el comedor se vuelve más intenso. Grandes langostas rojas, solomillo de buey, ensaladas, salsas... Es demasiado para cuatro comensales, por supuesto. El servicio de catering ha enviado a tres empleadas para calentar y servir la comida. Anton se dice que será más fácil sin ningún hombre presente.

Endereza la espalda, saca pecho y va directo hacia la chica elegida.

—¿Sí? —le dice ella con una sonrisa.

—Me gustaría hablar contigo —anuncia él secamente.

—¿Algún problema? —pregunta ella.

Su sonrisa persiste, pero empieza a disiparse. Las otras dos chicas se han vuelto y los miran.

—¿Puedes venir conmigo un momento?

Se hace un silencio absoluto. La chica echa un vistazo a sus compañeras, insegura, se encoge de hombros y lo sigue al vestíbulo. Anton, con el teléfono en la mano, activa discretamente la función de grabación.

Se detiene junto a la escalera, bajo la fotografía de la familia Ludwigsson, y se aclara la garganta. La chica solo le llega a la barbilla y tiene que levantar la vista para mirarlo con sus ojos de expresión dulce y amable.

—¿Cuánto cobras por una mamada?

Durante un segundo parece como si la reacción de la muchacha fuera a ser una bofetada.

—Perdona, ¿qué has dicho? —pregunta.

—Una mamada. Quiero saber cuánto me cobrarías por hacérmela.

La expresión de la chica es de tristeza y humillación. Abre la boca para decir algo, pero Anton nunca sabrá qué pensaba contestarle. Se ha quedado sin palabras. Se vuelve con brusquedad y se marcha a toda prisa. Anton detiene la grabación mientras ella se aleja. Misión cumplida.

Cuando regresa al piso de arriba el ambiente

ha cambiado por completo. Estaba convencido de que sus amigos lo esperarían animados y expectantes, pero cuando les hace oír la grabación no obtiene prácticamente ninguna reacción. Ha pasado algo, pero es difícil saber qué. Anton intenta deducirlo de las caras de los demás, pero no lo consigue.

Bebe un poco de vino a grandes sorbos y vuelve a dejar la botella sobre la mesa.

—En cualquier caso, la chavala parecía bastante dispuesta —dice riendo—. ¿Y quién no lo estaría?

Ni siquiera Max sonríe. Todos se quedan callados.

—¿Ha pasado algo? —pregunta.

—No —dice Liv negando con la cabeza.

—¿Falta mucho para la cena? —interviene Martina—. Empiezo a tener hambre.

Max está medio tumbado en el sofá, con una botella de vino bajo el brazo. Durante la ausencia de su amigo ha ido a buscar otra. Pese al éxito del reto de Anton, parece muerto de aburrimiento.

—Tenemos que subir las apuestas —anuncia.

En ese instante Anton comprende por qué le ha parecido ver algo extraño en la foto de la familia hace un momento.

Max sigue hablando, pero, al contrario que de costumbre, él no lo escucha.

Recuerda que no había visto nunca a Max en bañador antes de los quince o los dieciséis años. Su amigo no asistía casi nunca a clase de gimnasia y, cuando lo hacía, se escabullía de los vestuarios para ir a ducharse a su casa porque decía que las duchas del colegio eran repugnantes. Tampoco se bañaba nunca en el mar. Por mucho calor que hiciera, se quedaba en el muelle o en la playa.

El ruido de los dados rodando sobre la mesa saca a Anton de su ensimismamiento y lo hace volver al presente. Martina se inclina sobre la mesa, mueve su ficha y deja escapar un sonoro suspiro cuando cae en la casilla de ir a la cárcel.

—Líate con Anton —dice Max.

¿Era eso a lo que se refería Max cuando ha dicho que era preciso subir las apuestas? Martina lo mira como si no lo hubiera oído bien.

—¿Con Anton? ¿Qué quieres decir?

—Que te líes con Anton. ¿Tan difícil es entenderlo?

El tono de voz de Max es de irritación, como si estuviera hablando con una niña malcriada.

—Pero... —empieza Martina, aunque enseguida cierra la boca al ver que Max pone los ojos en blanco.

Anton no sabe qué hacer. Martina es la novia de su mejor amigo y precisamente su mejor amigo le pide que se líe con ella. Todo su cuerpo se rebela contra algo que le parece erróneo y malo, pero al mismo tiempo empieza a excitarse. ¿A quién no le gustaría enrollarse con Martina?

—Por favor, Martina, no seas tan rígida y aburrida —dice Max—. A ti también te apetece, ¿verdad, Anton? ¡Vamos! No es para tanto.

Anton baja la vista y se encoge de hombros, procurando disimular el nerviosismo.

Martina le arrebata la botella de vino a Max, echa atrás la cabeza y bebe un buen trago. Después va hacia Anton, que está sentado en un sillón, se acaballa sobre sus muslos y le introduce la lengua en la boca. La cabeza le da vueltas. Anton siente la rápida erección que le produce el contacto de Martina y su saliva con sabor a alcohol.

—Tócale las tetas —le ordena Max.

Anton duda un momento, pero enseguida desliza las manos desde la cintura de ella hasta sus pechos y allí las deja. La excitación alcanza nuevas cotas. La lengua de Martina se mueve dentro de su boca, cada vez más rápido y más profundamente. Es como si quisiera demostrar que le gusta. ¿O tal vez querrá darle celos a Max?

Anton le devuelve los besos con creciente intensidad, pero de pronto Martina retira la lengua, dejando en la boca de Anton un extraño vacío. Aparta la cara, se baja de las rodillas de Anton, se alisa el vestido y vuelve a su sitio.

¿Cuánto tiempo se habrán estado besando?

Anton no podría decir si han sido diez segundos o diez minutos.

Mira con el rabillo del ojo a Liv, atento a sus reacciones. Pero la cara de su amiga no expresa nada. Pocas personas son tan difíciles de interpretar como Liv, a pesar de las horas y los años que Anton ha dedicado a tratar de comprenderla.

Ha descubierto que frecuenta un apartamento en Gärdet. Cuando se lo contó a Max tuvo que inventarse que iba acompañada de un tipo mayor para justificar de alguna manera que la estaba siguiendo y que todo pareciera más natural.

No entiende por qué Liv guarda ese secreto. Es extraño, inexplicable. Pero Anton no quiere traicionarla. Hay algo que no funciona bien dentro de Liv, una pieza del mecanismo que falla, y él daría cualquier cosa por poder repararla. A pesar de que sabe que a ella solo le interesa Max. Habría que estar ciego para no ver lo celosa que se pone a veces. Y hasta el verano pasado habría jurado que Max no sentía nada por ella.

Pero una vez, desde la ventana, los vio bajar a la orilla, bañarse, nadar y reír. Se comportaban con una naturalidad que él jamás podría tener con Liv, ni con ninguna otra chica. Era como si se hubieran convertido en dos personas totalmente diferentes de las que Anton conocía.

Entonces, como si fuera a cámara lenta, vio que Max se inclinaba sobre ella y la besaba. Y notó que ella le devolvía el beso con pasión antes de separarse de él y alejarse nadando.

Tal como le ha pasado hace un momento con Martina, Anton habría sido incapaz de decir cuánto había durado aquel beso. Está seguro de que Martina no sabe nada de lo que hay entre Liv y Max.

Cree que tal vez el reto de antes haya sido la manera que ha ideado Max para quitarse la mala conciencia. Ahora están empatados. Uno a uno.

Sumido en sus pensamientos, Anton no ha notado que el juego continúa. No ha oído cuál es el reto que le han impuesto a Liv, pero la ve dirigirse a la escalera, seguida de Max.

Anton y Martina se quedan solos, sin mirarse.

En silencio.

Incómodos.

Él levanta la botella de vino para brindar. Ella le devuelve el brindis, sin el menor entusiasmo, con la botella de Max.

Anton teme haberle causado repugnancia. ¿Quizá tiene mal aliento y no lo sabe?

Al minuto siguiente se pregunta si Max y Liv se estarán besando en el piso de abajo. Y, por primera vez, siente el impulso de contarle a Martina lo que vio el verano pasado. Max sabe, como todos los demás, que Anton está enamorado de Liv. ¿Por qué tuvo que conquistarla a ella también, si ya tenía a Martina?

Cuando levanta la vista ve que Martina se está enjugando una lágrima, que le ha dejado un rastro blanco vertical en el maquillaje.

—¿Qué pasa? —le pregunta.

—Nada —contesta ella.

Por un instante piensa que ella también lo sabe. Desea que así sea.

—Tu madre... —empieza Martina, pero calla enseguida cuando oye que alguien llega por la escalera.

Es Max.

—Ya se han ido. Podemos cenar. Recoged el

juego y traedlo al salón para seguir jugando después de comer.

Se vuelve y baja de nuevo.

—¿Qué me estabas diciendo? —le pregunta Anton a Martina al cabo de un momento.

—Nada.

—Pero has dicho que...

—Nada. ¿Qué te pasa? ¿No me oyes?

Su expresión es de enfado.

Anton se levanta con las piernas tambaleantes y va hacia la ventana. Junto a uno de los pilares de madera que sostienen su casa ve un par de sombras, dos personas fumando.

A sus espaldas Martina empieza a recoger las fichas después de fotografiar una vez más el tablero. Anton sabe que hay cierto riesgo en quedarse allí, donde están fumando su madre y el padre de Martina. Se pregunta si su padre les habrá contado a los demás que los pilares de su casa son frágiles y que no puede reforzarlos porque se ha quedado sin dinero. En confianza y atiborrado de whisky caro, su padre le ha revelado a Anton que su agencia inmobiliaria pasa por un mal momento. De hecho, está al borde de la quiebra. Le hizo prometer que no se lo diría a nadie, y menos aún a su madre. Pero en lugar de simpatía y compasión hacia su padre, Anton solo siente asco y desprecio.

Siempre ha presumido de lo hábil e inteligente que era. Decía que era el mejor agente inmobiliario de Suecia y que era capaz de venderle nieve a un esquimal. Sin embargo, ahora no tiene dinero ni para hacer las obras que su casa necesita. Incluso es posible que toda la familia tenga que mudarse de Skuru antes del verano. Si las cosas no mejoran sustancialmente tendrán que instalarse en un apartamento.

Pero Anton preferiría morir antes que contárselo a nadie. Ni siquiera a sus mejores amigos.

SEGUNDA PARTE

5

La cena está deliciosa. En la vida hay muchas cosas que Liv preferiría evitar, pero la comida no es una de ellas. Le encanta comer. No le pasa como a Martina, que después de cada comida se excusa con una sonrisa, va al cuarto de baño y se mete los dedos en la garganta. Al principio Liv intentó hablarlo con ella, pero con el tiempo ha terminado por aceptar que Martina es así.

Solo espera que algún día deje de hacerse daño.

Desde la cabecera de la mesa, con una servilleta en el cuello de la camisa, Max levanta la copa.

—Por vosotros, mis mejores amigos, y por los fantásticos años que nos esperan.

Los otros tres brindan también y siguen cenando en silencio.

Liv mira con el rabillo del ojo a Martina, que

hurga con el tenedor la langosta, pincha un trozo diminuto de carne blanca y se lo lleva a la boca con la mirada vacía. Sabe que su amiga está pensando en lo que han visto por la ventana hace un momento. Lo sabe por el modo en que ha reaccionado. No parecía preocuparle tanto lo que estaba viendo como el hecho de que Liv también lo viera. Martina siempre está pendiente de lo que piensan los demás de ella y de su familia. Le importan mucho las apariencias. Por eso ha sido un duro golpe.

Pero Liv ya sabía que el padre de Martina tenía aventuras con otras mujeres.

Por las tardes, cuando está en el centro, Liv suele frecuentar un pequeño restaurante chino medio escondido, en la zona de Karlaplan. Va a beber, a dibujar en una libreta y, a veces, a leer novelas olvidadas, todas ellas escritas por mujeres jóvenes y llenas de ira.

Una de aquellas tardes, sentada en su puesto habitual, una mesa cercana a la barra que le permite controlar todo el local, vio entrar a Karl en compañía de una chica no mucho mayor que ella. Los vio beber y reír juntos. Cuando el camarero les preguntó si querían cenar, lo rechazaron con malos modos. Al cabo de una hora, más o menos, se marcharon y desaparecieron en la oscuridad de noviembre, abrazados y felices.

Hace un momento, cuando han visto por la ventana que Karl besaba a la madre de Anton, Liv ha sido la única en hacer algún comentario.

—¡Qué asco! —ha dicho simplemente.

Por un instante ha parecido como si Martina fuera a protestar, pero no ha abierto la boca. Ni siquiera le ha pedido a Liv que no se lo cuente a nadie, aun sabiendo que no hay nadie más reservado que ella. No hay secreto demasiado grande para su cuerpo menudo.

Invadida por una furia repentina, Liv aprieta con tanta fuerza la copa que la rompe. Los demás levantan la vista de los platos, asombrados, y contemplan las gotas de sangre que caen de su mano al mantel blanco.

Solo ha sido un rasguño. Ni siquiera le ha dolido.

—¿Qué ha pasado? —pregunta Anton estupefacto.

Liv no responde. Max se quita la servilleta del cuello y corre a presionar con ella la herida de Liv mientras la obliga a ponerse de pie y la lleva al cuarto de baño. Anton y Martina los miran sorprendidos.

Una vez en el lavabo Max enciende la luz, sienta a Liv en el váter y abre un armario.

—¿Te duele? —pregunta con cara de preocupación, buscando en el interior del botiquín.

—No mucho.

La mano ya no le sangra, pero la servilleta ha quedado manchada de rojo. Max le desinfecta la herida con alcohol y la estudia con expresión grave, antes de taparla con una tirita grande. Liv se siente ridícula, pero al mismo tiempo afortunada por la oportunidad de estar a solas con Max, tan preocupado y atento.

Cuando termina de curarle y vendarle la herida, Max se sienta en el suelo del baño, con la espalda contra la pared. Los dos se miran, pero no dicen nada. Él extiende una mano y la apoya sobre la rodilla desnuda de Liv. No la retira. El contacto es eléctrico. Liv desea y al mismo tiempo no quiere que Max comience a subir la mano por su muslo.

Pero no pasa nada.

Al final Max se levanta y abre la puerta.

Cuando los dos vuelven a la mesa intentan continuar con la cena, pero el poco ambiente festivo que tenían minutos antes se ha disipado por completo. Al cabo de un momento Anton propone seguir bebiendo y jugando al Monopoly.

Abandonan la mesa, sin preocuparse por retirar los platos sucios ni por la cantidad enorme de comida que ha sobrado. Martina se disculpa y corre al lavabo. Liv le echa un vistazo rápido a Max, para ver si él nota lo que ocurre con su novia, pero observa que habla despreocupadamente con Anton mientras preparan el tablero.

Se acerca a la ventana y contempla la fiesta de la casa vecina. El tipo que la violó está charlando con Karl, el padre de Martina. Liv se pregunta de qué estarán hablando. Parecen estar pasando un buen rato, como dos hombres normales y corrientes, intercambiando anécdotas. De pronto Liv piensa que quizá es precisamente lo que son: dos hombres normales y corrientes. La idea la hace sentir una tristeza repentina e intensa. Sin que nadie lo note saca una pastilla blanca del bolso.

—¿Vienes a jugar, Liv?

Martina se mete un chicle en la boca, va a abrazar a Max por detrás, con las manos sobre el pecho de él, y lo besa en la mejilla.

—Voy —responde Liv, ocupando su sitio.

Cuando tira los dados cae en Valhallavägen, donde Anton acaba de construir un hotel. Elige «verdad» porque no tiene ganas de superar más retos estúpidos. La decepción de Anton es evidente. Pensativo, extiende la mano hacia la copa.

—¿Quién te desvirgó? —pregunta por fin.

Los otros miran a Liv expectantes. A Martina le ha dicho que fue un chico en Francia, durante unas vacaciones en familia. ¿Y a Max? ¿Qué le ha dicho a Max? No lo recuerda. Intenta desesperadamente poner orden de alguna manera a sus mentiras, pero le cuesta pensar con claridad. En su memoria el coche se sacude al ritmo de las embestidas de aquel hombre, le duele el bajo vientre y el maletero huele a rancio, porque hay un plátano medio podrido en una bolsa de deporte.

—¡Vamos! ¡Contesta! —la apremia Anton antes de soltar una carcajada—. No habrá sido un trío, ¿no? Dos tipos follándote por delante y por detrás, y tú colgada entre los dos, como un pollo en un asador.

Liv siente que le escuecen los ojos y de repente le rueda una lágrima por la mejilla. Puede que sea efecto del alcohol o de las pastillas. O tal vez son tantos los secretos y mentiras acumulados que empiezan a desbordarse. Es difícil saberlo. Solo sabe que está llorando y no puede reprimir las lágrimas. Los otros tres la miran asustados.

—¡Eres un imbécil! —le grita Martina a Anton mientras corre para acuclillarse al lado de Liv y rodearla con los brazos por la cintura—. ¿Qué pasa, Liv, cariño? ¿Qué tienes?

Liv la aparta y se seca a toda prisa las lágrimas.

—Nada, solo estoy demasiado borracha.

—¿Quieres ir a arreglarte el maquillaje?

Liv sonríe interiormente. A Martina solo le preocupa que se sienta fea. Podría odiarla por ser así, pero en lugar de eso le da una palmadita en la mano y niega con la cabeza.

—No; estoy bien así.

Cuando consigue rehacerse los demás fingen que no ha ocurrido nada, como si hubiera caído un chubasco repentino que enseguida ha dado paso a un sol radiante.

—Prefiero que me pongáis un reto —anuncia Liv, antes de seguir bebiendo.

Nadie se atreve a protestar, aunque va contra las reglas cambiar de idea.

La pastilla le hace efecto más rápidamente que la anterior. La habitación le da vueltas y siente los latidos del corazón como golpes sordos dentro del pecho.

—¿Alguna propuesta? —pregunta Anton mirando con cautela a su alrededor.

Max contempla a Liv con cara inexpresiva.

—Coge un palo de golf de mi padre, ve a la casa de Anton y rompe un faro de uno de los coches aparcados en el sendero.

—Pero ¡hay cámaras! —exclama Martina asustada.

—No, ya no funcionan —la tranquiliza Anton.

Liv se pone de pie sin decir palabra. Encuentra la bolsa de palos de golf en el vestíbulo, elige uno cualquiera y sale al exterior. Hace frío. El viento la envuelve mientras se dirige, sigilosa, a la casa vecina.

Se detiene detrás de un arbusto sin hojas y observa los coches aparcados. Uno de ellos es el todoterreno donde fue violada. Alza la cabeza y oye ruido de risas y de música en la planta superior. Ve las sombras de los invitados a la fiesta.

Se vuelve y ve los rostros de sus tres amigos, pegados al cristal de la ventana en la casa de Max. Levanta el palo de golf, pero vuelve a bajarlo. Se quita los zapatos de tacón y los deja un poco más allá. Entonces levanta otra vez el palo y en esta ocasión lo descarga con todas sus fuerzas contra la luna trasera del todoterreno, que se rompe con un estrépito.

Se aparta de un salto.

Durante unos segundos se queda como paralizada, contemplando el agujero oscuro del cristal, pero enseguida recoge los zapatos y corre hacia la calle por el sendero, para no dejar huellas en la nieve.

Espera que la música se interrumpa, que haya gritos y que alguien salga a perseguirla, pero no pasa nada.

Max la aguarda con la puerta abierta y ella entra corriendo, casi sin aliento, en el ambiente cálido de la casa.

Se siente viva y feliz.

Le entrega el palo de golf a Max, que lo vuelve a guardar en la bolsa.

—¿Han notado algo? —pregunta con voz jadeante.

—Nada —responde Anton—. Puede que la música estuviera demasiado alta. O que ya no se enteren de nada porque van demasiado ciegos.

Van a sentarse mientras Martina busca una toalla para envolver los pies fríos de Liv. Anton agita los dados y, cuando está a punto de tirarlos, congela el movimiento.

Baja la mano y se queda mirando a Liv con expresión pensativa.

—Por cierto, ¿por qué has roto la luna del coche de tu padre? —le pregunta.

6

La conversación con su hermano sigue viva en la mente de Max. Una parte de él querría pedirles a los demás que se marcharan, para estar tranquilo y a solas con sus pensamientos. Se siente dividido. Se alegra por Johan, pero también hay algo que lo inquieta. Su hermano siempre le ha dicho que no hay nadie más importante que él en su vida; pero eso pronto cambiará, porque habrá otra persona que acaparará todo su cariño y sus atenciones.

—¿Max?

La pregunta interrumpe el hilo de sus pensamientos y lo sobresalta. Levanta la cabeza y ve que los otros tres lo están mirando.

—Norrmalmstorg es tuya. Te toca decidir el reto de Martina —dice Liv.

Max le da la razón con gesto ausente.

Piensa una vez más que Liv es preciosa. Si sus amigos se van preferiría que ella se quedara. Le encanta hablar con Liv, porque ella lo entiende como Martina no lo ha entendido ni lo entenderá nunca.

Para ganar tiempo bebe un sorbo de su copa, aunque ya está bastante borracho y apenas percibe el sabor. No tiene ni idea de lo que está bebiendo. Solo sabe que es alcohol y que lo calienta por dentro.

De repente se le ocurre una idea.

—Siempre dices que mi madre tiene mucho estilo para vestir, ¿verdad?

Martina se lo queda mirando inexpresiva. Por un segundo Max tiene la sensación de que tanto ella como Anton son dos extraños. Solo Liv lo conoce de verdad.

—Coge unas tijeras y corta a tiras las cinco prendas de su vestidor que te parezcan más bonitas.

Martina endereza la espalda conmocionada.

—¿Por qué iba yo a...?

—Porque esto es un puto juego y tienes que hacer lo que yo te ordene —responde Max, con el tono agresivo que conoce tan bien y que tanto desprecia. Lo ha heredado de su padre y ha jurado no utilizarlo nunca más. Sin embargo, sabe que lo lleva dentro y que a veces le sale, sin poder reprimirlo, como le ha pasado ahora. Ha reaccionado sin pensar.

Martina calla de inmediato, va a la cocina y se pone a buscar en los cajones. Mientras oyen sus pasos, que se pierden en dirección al piso de arriba, Liv y Anton bajan la vista. Anton bebe vino compulsivamente. Vacía la copa y la vuelve a llenar.

Max está enfadado con él porque ha hecho llorar a Liv. En los últimos tiempos se ha ido convenciendo de que a Liv le pasa algo, aunque no tiene idea de qué puede ser. Querría tener el valor de preguntárselo, pero su intuición le dice que a ella no le gustaría. Tal vez incluso la pregunta abriría una brecha entre los dos. Liv es la persona más reservada que conoce. Es como si estuviera envuelta en una membrana invisible.

Sin embargo, Max sabe reconocer los momentos en que se libera de ese envoltorio y sale a la luz, como hace un instante, en el baño, cuando le ha curado la herida de la mano. Entonces estaba con él la verdadera Liv, frágil y vulnerable. Ahora es otra, una especie de robot que se parece a su amiga.

—Te has pasado mucho con lo que le has dicho antes —le dice en voz baja a Anton, que lo mira fijamente. Después levanta la voz—. Tienes que dejar de hablarle a Liv de esa manera. Es infantil.

Liv lo interrumpe.

—No pasa nada, Max. Yo sé que no lo hace con mala intención.

Max la contempla asombrado. Pensaba que se alegraría de que saliera en su defensa. Puede que la haya juzgado mal y que sea tan estúpida como los otros dos.

—Muy bien, Anton, haz lo que te salga de los huevos, pues. Llámala puta todas las veces que quieras.

Se pone de pie con tanta violencia que derriba la silla donde estaba sentado. Su primer impulso es subir a su habitación, pero entonces recuerda que Martina está en el piso de arriba y dirige sus pasos al sótano. Entra en la sauna, que todavía está encendida, y se sienta en el banco más alto. Apoya los codos sobre las rodillas y deja que la cabeza le cuelgue hacia delante. Gotas de sudor caen al suelo de madera. Se desabrocha la camisa hasta el ombligo, se arranca irritado la pajarita y la arroja sobre la estufa de la sauna.

Esconde la cara entre las manos.

Johan sacrificó su relación con su padre y su posición de hijo favorito por salir en defensa de Max. Fue el único que se atrevió a rebelarse contra el maltrato, el único que devolvió los golpes. Y lo hizo con tanta fuerza y tanta furia que derribó al tirano delante del resto de la familia. Después se marchó a Londres. Huyó a la libertad. Desde entonces Max ha alimentado siempre la fantasía de irse a vivir cerca de su hermano y de conseguir cualquier trabajo, solo por estar lejos de su padre. Es su plan desde hace años, y también el de Johan. Pero ¿ahora? ¿Habrá todavía un lugar para él en la vida de su hermano mayor? Incluso cuando se ha sentido rechazado por el resto de la familia, Max sabía que Johan lo estaba esperando.

Su padre siempre los ha castigado a todos con violencia, por supuesto. De manera metódica, fría e implacable. Pero Max y Johan se han llevado la peor parte. Y desde la rebelión de Johan todo ha ido a peor para Max. Incluso ahora. Se avergüenza de no ser capaz de pagarle a su padre con la misma moneda. Daría cualquier cosa por tener el valor de Johan.

—¿Estás bien?

Nadie sabe moverse tan silenciosamente como Liv. Nadie es capaz de abrir una puerta con tanta delicadeza como ella.

Max abre la boca para responder que todo va bien, pero no se siente con fuerzas para mentir.

—¡Qué calor hace aquí dentro! —Liv suspira y se acurruca contra él.

El sudor que empapa la camisa de Max le humedece a ella el brazo desnudo. Con un movimiento suave pero decidido, hace que apoye la cabeza sobre sus rodillas y le acaricia maternalmente el pelo mal rapado.

—Mi pequeño mohicano —le dice con una sonrisa triste.

Max sofoca un sollozo y aprieta la cara contra el vestido negro de Liv.

Se quedan un rato en silencio, hasta que él vuelve el rostro hacia arriba y se pone a contemplar desde abajo la barbilla y el cuello de Liv. Se seca las lágrimas, pero no porque sienta vergüenza, sino porque ya ha llorado todo lo que necesitaba.

—¿Qué harás después de los exámenes finales? —pregunta.

Habla con voz ronca, como si el aire caliente de la sauna le hubiera secado la garganta.

Liv se encoge de hombros casi automáticamente, pero Max nota que no es un gesto sincero. Siente que esconde algo.

—Sí que lo sabes.

—Sí, lo sé.

—¿No podemos irnos a Londres, tú y yo?

—¿Y nadie más? —pregunta Liv.

Se percibe desconfianza en su voz, como la de un animal salvaje que sospecha una trampa.

—No, nadie más.

—Siempre vamos juntos a todas partes —objeta ella, señalando el techo con un movimiento de la mano—. Los cuatro.

—Siempre —repite Max—, pero ya no recuerdo por qué.

—Porque estamos igual de rotos. Perfectos y funcionales por fuera, pero destrozados por dentro.

Se señala el corazón en un gesto que a Max le parece poco propio de ella.

—Pero nunca hablamos al respecto, ni siquiera entre nosotros.

Liv asiente pensativa.

—No, pero lo sabemos. Y lo que no sabemos, lo suponemos. Como que la familia de Anton está al borde de la ruina, o que la madre de Martina es alcohólica, o que...

—... o que mi padre nos pega a mis hermanos y a mí —completa Max—. Pero siempre me he preguntado cuál es la causa de que tú también estés tan destrozada como nosotros, aunque estoy seguro de que lo estás.

Liv aprieta los labios. Los dos se observan mutuamente, pero Max no quiere presionarla.

—¿Qué piensas hacer después del instituto?

—Me gustaría viajar, pero no sé adónde.

—¿No puedo ir contigo?

Liv niega con la cabeza, como disculpándose.

—Prefiero viajar sola. Aunque eres mi amigo, me recordarías demasiado a... todo esto.

Max parece conforme con la respuesta. Puede entenderla.

—Tengo un apartamento en la ciudad, alquilado en secreto —le revela Liv de repente—. Allí fue donde me vio Anton. Pero no estaba con ningún hombre.

—¿Qué haces allí?

—Estar tranquila. Dibujar, leer, ver series... A veces, por la noche, voy a algún bar o restaurante para estar sola entre mucha gente.

Oyen que se abre una puerta y alguien va hacia ellos. Max se incorpora y se aparta de Liv. Al poco rato ven dibujarse la figura de Martina al otro lado del cristal.

—¿Qué estáis haciendo? —les pregunta con suspicacia Martina en cuanto abre la puerta de la sauna.

—Hablar —contesta Max.

—¿De qué?

La mirada de Martina salta de Max a Liv y viceversa.

—De todo un poco.

Martina saca el teléfono y les enseña la pantalla, en la que hace desfilar varias fotos de la ropa destrozada de la madre de Max. Nadie dice nada. Max siente que el reto, el juego y en general toda la velada han sido una sucesión de pasatiempos infantiles, sin ningún sentido.

Mientras los tres suben la escalera se arrepiente de no haberse atrevido a preguntarle a Liv por el beso del verano pasado. Le habría gustado saber qué significó para ella y si realmente sucedió, o por el contrario fue un espejismo, fruto del alcohol y las drogas. Hasta cierto punto desearía que no hubiera pasado, porque entonces podría quitarse de encima la mala conciencia respecto a Martina. Pero si fue real, entonces se abren nuevas puertas en su relación con Liv. No tiene muy claro qué siente por ella, ni cuáles son los sentimientos de Liv hacia él. Solo sabe que con ella puede hablar de asuntos que con otras personas jamás se atrevería a tocar, y que a ella puede revelarle sentimientos y partes de sí mismo que nunca le mostraría a nadie más.

En el comedor encuentran a Anton hundido en uno de los sillones, con los ojos turbios por el alcohol. Al verlos entrar levanta la vista y mira a Max con expresión preocupada.

—Ven —le dice Max, y le señala la terraza.

Mientras sale, con Anton detrás, Max piensa que debería pedirle perdón y hacer las paces, después de su último estallido. No se arrepiente de nada de lo que ha dicho, pero sabe que gran parte del bienestar de su amigo depende de él. Cuando se apoyan en la barandilla Anton rehúye su mirada. Parece un perrito al que hubieran pillado robando un bocado de la cena de su amo.

—Perdona por haberte gritado —se disculpa Max.

—No pasa nada.

—Pero no vuelvas a hablarle a Liv de ese modo. No hace ninguna falta y creo que a ella no le gusta.

Algo se quiebra en el interior de Anton y un relámpago de desconfianza le ilumina la cara.

—¿Y tú crees que a Martina le gusta que te vayas cada dos minutos a liarte con Liv?

Max se queda mirando a su amigo.

—No nos hemos liado.

—Puede que no lo hayáis hecho esta noche.

Los dos se miden mutuamente con la mirada. La expresión de Anton encierra una agresividad que nunca le había manifestado a Max.

—El verano pasado, en la fiesta en casa de Gustav Nyman, os vi cuando os metisteis en el agua. ¡Eres un cabrón! —exclama Anton antes de lanzar al suelo un escupitajo que aterriza a escasa distancia de los pies de Max.

Las palabras de Anton son en parte un alivio para Max, ya que suponen la confirmación de que sus recuerdos son reales.

—Tú sabes que a mí me gusta Liv. ¡Lo sabes! Y además estás saliendo con Martina, ¡que es la puta princesa de Skuru! Pero para ti no es suficiente, ¿no? Tienes que acapararlas a las dos. ¿Cómo puedes hacerme esto a mí?

Durante un instante Max tiene la sensación de que Anton va a pegarle un puñetazo, pero en lugar de eso la cara de su amigo se contrae en una mueca de dolor. Resopla y se vuelve para marcharse. Perplejo, Max le apoya una mano sobre el hombro.

—Quita, hijoputa —suelta Anton con voz llorosa.

—Perdóname —dice Max.

De repente se oyen voces procedentes de la casa vecina. El padre de Max y el de Anton están fumando sendos puros, de pie, entre los pilares. Se vuelven hacia la terraza y se dirigen a ellos gritando, con voces alcoholizadas.

—¿Cómo lo estáis pasando?

—¿Hay muchas tías?

—¡No vaciéis toda la bodega!

—¡Poneos condón! ¡Soy demasiado joven para ser abuelo!

El último comentario provoca sonoras risotadas. Max y Anton los saludan con la mano y responden en tono jocoso. Max piensa que todas sus voces suenan huecas. Vacías, falsas, patéticas.

Los dos chicos se despiden a gritos y se sientan en el suelo, con la espalda contra la barandilla, para que no los vean desde la casa de Anton.

—Lo mataría —susurra Max.

—Yo también odio a mi padre —continúa Anton—. Es horrible, pero es así. Tengo miedo de acabar siendo igual que él algún día. No hace más que mentir.

—Todos mienten.

—¿Qué quieres decir?

—Que mienten constantemente. Están todo el tiempo fingiendo que todo les va de puta madre. Pero no es verdad.

—Mi padre está arruinado —confiesa Anton en un susurro—. Ni siquiera tiene dinero para reforzar los pilares que sostienen la casa.

7

Martina no sabe qué pensar. Ya van tres veces, en lo que va de velada, que Max y Liv se marchan juntos. Contempla a su mejor amiga, acurrucada en el sofá. Últimamente se ha vuelto mucho más guapa. Antes no era más que una niña mona, pero ahora tiene un punto de mujer adulta, un aire de peligrosidad que a Martina le da mucha envidia. Es como si algo fuera mal en ella, pero de una manera que resulta muy excitante.

Las miradas de los chicos se concentran cada vez más en Liv y menos en Martina, y ella lo nota. Antes no era así. Antes Martina era siempre el centro de atención, la chica a quien todos rodeaban en las fiestas.

Liv, en cambio, era tímida y callada.

Era la sombra que acompañaba a Martina a todas partes.

¿Qué ha pasado? ¿Cuándo se ha producido el cambio? ¿Y por qué a Martina le cuesta tanto hacerse a la idea de que ahora debe compartir con su mejor amiga la atención de los demás?

—¿De qué estabas hablando con Max? —le pregunta sentándose a su lado.

Ella misma se sorprende de la frialdad y la dureza de su voz.

—De nada en particular. Se ha alterado un poco mientras tú estabas en el piso de arriba.

—¿Se ha alterado? ¿Por qué?

—Anton ha hecho una de sus bromas y Max le ha dicho que dejara de meterse conmigo.

—¿Y qué ha pasado entonces? —pregunta Martina, molesta porque Max siempre salga en defensa de Liv.

—Le he dicho que no me importaba y entonces Max se ha enfadado también conmigo y ha salido echando humo. Por eso he ido detrás, para tranquilizarlo. Nada más.

«¡Nada más!», piensa Martina irritada. Todo parece tan natural entre ellos dos... Natural y sencillo.

Se cruza de brazos.

—Es una tontería armar jaleo con Anton. Ya sabemos cómo es.

—Sí, es lo que he dicho yo —murmura Liv.

Entonces cae sobre las dos un silencio espeso como una manta y, al cabo de unos segundos, vuelven a entrar los chicos de la terraza. Las dos se levantan del sofá y van a sentarse a la mesa donde está desplegado el tablero. La atmósfera es tensa, expectante. Ni siquiera Anton, que normalmente anima el ambiente con sus bromas y su cháchara, se atreve a hacer ningún comentario. Juegan sin ganas y casi sin hablar.

—¿Bebemos algo más fuerte? —propone Liv.

Se oyen murmullos de aprobación.

Max se levanta, va a buscar una botella de vodka, distribuye sobre la mesa los vasos de chupito y sirve la bebida. Martina echa un vistazo a la hora en el móvil y ve que son las 21:37. Faltan poco más de dos horas para que se acabe el año.

Enseguida se beben el vodka, después de gritar al unísono: «¡Salud!».

El humor mejora ligeramente y poco a poco se reanuda la conversación.

—¡Música! —pide uno de ellos.

Max pone música y todos empiezan a moverse, marcando el ritmo. Anton alza los brazos y se pone a bailar sin levantarse del asiento. Liv sonríe y Martina vuelve a sentir que los quiere a los tres. Son sus mejores amigos y de repente todo está bien.

Coge a Max, le mete la lengua en la boca y se alegra cuando siente que él le devuelve ávidamente el beso. Liv y él pueden hablar todo lo que quieran, pero Max solo la besa a ella de esa manera. Se siente feliz.

—¿Seguimos jugando? —aúlla Anton.

Martina y Max se separan a disgusto y van a ocupar sus puestos junto al tablero. Ella siente un agradable cosquilleo en el estómago.

—Es mi turno, ¿no? —pregunta mirando a su alrededor.

Estira el brazo para coger los dados y los lanza. Después hace avanzar su ficha, que es la del coche de carreras, hasta Västerlånggatan.

—Al final no has respondido a la pregunta —comenta Max pensativo.

—¿Qué pregunta? —quiere saber Martina.

—No te lo digo a ti —explica él mientras niega con la cabeza—, sino a Liv.

Todas las miradas se dirigen a Liv, que parece sorprendida. Por los altavoces atruena una canción de Håkan Hellström, *Det kommer aldrig va över för mig*.

—¿Por qué has roto la luna del coche de tu padre? —pregunta Anton.

Liv se encoge de hombros y baja la vista hacia la mesa de juego. Martina y Max intercambian una mirada rápida. Es evidente que Liv les oculta algo.

—No ha sido casualidad. Lo has elegido a conciencia —insiste Anton.

—No, nada de eso. Era el que estaba más cerca de la calle. Era mucho más fácil salir corriendo desde allí. Podría haber sido cualquiera de vuestros coches —lo contradice Liv.

Martina reflexiona e intenta visualizar el sendero por el que ha pasado dos horas antes. Sabe que sus padres han sido los últimos en llegar a la casa de Anton, por lo que le parece poco probable que el todoterreno del padre de Liv fuera el más cercano a la calle.

—¿Verdad o reto? —pregunta Liv señalando la ficha de Martina.

Västerlånggatan es suya. Ha construido un hotel.

Martina la mira.

—Ahora en serio, Liv, ¿por qué has destrozado el coche de tu padre?

—¿Qué importancia puede tener eso?

El tono de Liv es de desesperación.

A Martina le recuerda a su madre cuando ha bebido, durante esos minutos temblorosos antes de que estalle en lágrimas y se encierre en su habitación para llorar tranquila, con sollozos que atraviesan las paredes. Martina piensa en la cara de preocupación de su padre cuando escucha el llanto de su mujer, aunque suele subir el volumen de la radio enseguida, para no tener que oírla, para no asumir ninguna responsabilidad.

—¿Importancia? Ninguna. Es solo curiosidad —responde Martina cautelosa.

Pero la expresión de Liv no se suaviza. Le han tocado una fibra que ha removido todo su ser.

—Sois imbéciles —profiere—. Una pandilla de idiotas patéticos. —Su mirada tiene un punto salvaje—. Y tú más que nadie, Martina —continúa—, con esa madre borracha y ese padre que no sabe tener la polla guardada dentro de la bragueta. Te tiras el día parloteando sobre tu vida maravillosa, sobre lo bien que lo pasas y sobre tus putos seguidores de Instagram, a los que alimentas con una imagen totalmente falsa y distorsionada de tu vida. A veces me pregunto si tú también te creerás las mentiras que les cuentas. Tu vida no es de color rosa, ni dorada, ni llena de brillos. Deberías ir a ver a un psicólogo.

La primera reacción de Martina es levantarse enfadada de la silla y abalanzarse sobre Liv para darle una bofetada. ¿Quién se habrá creído que es? Pero enseguida nota que su amiga está llorando. Su expresión sigue siendo impasible, pero las lágrimas le ruedan por las mejillas.

—Mi padre me violó cuando tenía quince años —dice de pronto Liv—. En ese puto todoterreno de mierda. En el maletero. Por eso lo he destrozado. Ya está. Ahora ya lo sabéis.

Lo único que se oye es la voz de Håkan Hellström: «Desde niño busco el camino que me lleve a la cima del mundo».

8

Es como si las palabras de Liv los hubieran hechizado a todos, piensa Anton.

Max quiebra el silencio. Cuenta que su padre solía maltratar sistemáticamente a toda la familia y que él nunca enseñaba el torso desnudo en el colegio para que nadie le viera los cardenales. Habla de su hermano Johan y de cómo su padre lo echó de casa cuando salió en su defensa para que no lo matara a golpes.

Martina describe las borracheras de su madre y sus comentarios hirientes contra su hermana pequeña, Adrienne, y contra ella, cuando ha bebido. Dice que considera culpable a su padre, por haberla empujado a la bebida con sus continuas infidelidades, pero añade que aun así desprecia a su madre por su falta de carácter. Y confiesa que teme parecerse a ella y que de alguna manera su debilidad sea hereditaria.

Secretos y mentiras salen a la luz. Se ha abierto una brecha y salen al exterior a borbotones. A veces llora la persona que habla, y otras, quienes la escuchan. Llenan una vez más los vasos y siguen contando sus historias.

Anton tiene la impresión de que todo ha cambiado y de que nada volverá a ser como antes, pero para bien. Nunca ha querido tanto a sus amigos como en este instante ni se ha sentido tan próximo a ellos. Las historias de los demás son mucho más crudas y oscuras que la suya.

¿Qué motivo tiene él para estar enfadado?

Ninguno, en el fondo, aparte de que su padre es un hipócrita que finge ser rico cuando en realidad está endeudado hasta las cejas. O que su madre no se entera de nada. O que pronto se verán obligados a mudarse. O que su padre nunca lo ha apoyado, ni en los buenos momentos ni en los malos. Siempre distante. Nunca una palabra de ánimo ni de consuelo para él.

En comparación con los problemas de los demás, los suyos parecen insignificantes. Pero sus amigos lo escuchan y hacen gestos y comentarios de comprensión y simpatía.

Cuanto más vulnerable se muestra ante ellos, más cerca los siente, aunque siempre había creído que sucedería lo contrario.

—Tu madre se acuesta con mi padre —revela Martina—. Desde hace tiempo.

—Los he visto juntos —confirma Liv.

Anton asiente, tratando de determinar si eso lo ha entristecido, aunque solo siente un vacío en su interior.

Al final el ritmo de la conversación decae.

Ya no quedan más historias que contar.

Vuelven a llenar los vasos y van hacia la ventana, desde donde contemplan en silencio la oscuridad de la noche y la otra fiesta.

Anton mira a los mayores y los imagina desnudos, como si se hubieran quitado sus carísimos trajes y vestidos y ahora se mostraran tal como son. Sabe de ellos cosas que jamás se atreverían a reconocer, secretos que no revelarían aunque les fuera la vida en ello.

—¿Qué hacemos? —pregunta Max sin emoción en la voz.

Anton observa los pilares de la casa vecina, esos que necesitan un refuerzo urgente, tal como le han advertido a su padre. Incluso un técnico le ha dicho que la casa podría venirse abajo si no los repara. Una idea empieza a cobrar fuerza en su cabeza y poco a poco se transforma en un grito, pero no se atreve a formularla en voz alta.

Al menos de momento.

Sería traspasar una frontera.

Nota la mano de Liv sobre su brazo. Lo está acariciando, como para consolarlo.

La actitud de Liv lo sorprende y a la vez lo llena de felicidad. Siempre ha estado enamorado de ella.

Al mismo tiempo siente odio, un odio ciego y oscuro, cuando ve a su padre hablando con la madre de Max. Se avergüenza cuando piensa que sus palabras y sus bromas le han hecho daño a Liv. Se arrepiente de haberla hecho sufrir.

—Perdona por las tonterías que te he dicho —susurra.

—No podías saberlo.

—Ya, pero aun así...

En la orilla opuesta alguien comienza a celebrar el inminente Año Nuevo con pirotecnia. Los fuegos artificiales surcan el cielo nocturno y se abren en un estallido de rojos y verdes. De repente Liv se acerca un poco más a Anton, le rodea la cintura con los brazos, se pone de puntillas y lo besa torpemente. Con el rabillo del ojo

Anton nota que Max y Martina los miran asombrados.

Liv se aparta y se humedece los labios. Él la contempla sorprendido.

—¿Por qué lo has hecho? —le pregunta.

—No lo sé —responde ella con una sonrisa tímida.

Cada vez son más las explosiones de color que iluminan la noche a medida que la manecilla de las horas se aproxima a las doce.

Los fuegos artificiales forman jubilosos paracaídas multicolores que se despliegan sobre el estrecho de Skuru, en el cielo de Estocolmo.

Los cuatro amigos vuelven a sentarse a la mesa.

Han bajado el volumen de la música. Beben apretando con fuerza los vasos. El tablero yace abandonado. Hace tiempo que nadie tira los dados ni mueve una ficha.

De pronto llaman a la puerta. El timbre resuena en toda la casa y los cuatro amigos se miran sorprendidos.

TERCERA PARTE

9

Se oyen voces en el vestíbulo. Liv está a punto de levantarse para ir con Max a ver quién ha llegado cuando dos hombres vestidos de esmoquin entran en el salón. Son Markus, el padre de Liv, y Olof, el de Max. Sus expresiones son serias, como si llevaran malas noticias. Se detienen en medio de la habitación.

—Quitad la música —les dice Markus.

Max obedece y se queda junto al equipo de audio.

Los dos hombres, visiblemente ebrios, observan a los cuatro chicos y se fijan en el tablero de Monopoly y en las botellas vacías.

—¿Ha pasado algo? —pregunta Anton.

—Me han roto una luna del coche —explica Markus mirando a Liv.

Olof, el padre de Max, continúa:

—Hemos venido a preguntaros si habéis visto algo raro.

Las voces de ambos suenan pastosas. Tienen las mejillas enrojecidas por el alcohol.

Los chicos niegan con la cabeza, esforzándose por parecer inocentes, como si acabaran de enterarse de lo sucedido.

—¿Os han robado? —quiere saber Max.

—No han tenido tiempo de llevarse nada, pero los muy cabrones me han destrozado la luna trasera del BMW —contesta Markus—. ¡Los mataría!

—Habrá sido algún negrata extranjero de los que viven en Fisksätra —dice Olof—. Aprovechan para actuar ahora, cuando la gente decente está de fiesta. Son unos jodidos parásitos.

Hace un gesto de resignación y se pasa la mano por los cabellos rubios.

Liv advierte que parece una versión más madura de Max. Su semejanza resulta espeluznante.

—¿Habéis mirado las cámaras? —pregunta Martina.

—No funcionan —se apresura a explicar Anton.

—¿Y la policía? ¿Habéis hecho la denuncia?

—Hemos llamado, pero de momento no pueden enviar ninguna patrulla. No hay mucho más que podamos hacer.

—Ya veo que os habéis servido todo lo que había en la casa —dice Markus señalando las botellas vacías.

Mira a Liv, que siente un escalofrío por todo el cuerpo. Pero la sensación es diferente y menos aterradora, porque ahora sus tres amigos saben lo que ha hecho su padre.

Se hace el silencio y al cabo de unos segundos Markus prosigue:

—Si hay muchos extranjeros por la calle, lo mejor es vigilar que las chicas no salgan solas. Esos cerdos solo piensan en violar a suecas.

Sus palabras van dirigidas a Max y Anton, que enseguida hacen gestos afirmativos.

—No te preocupes, Markus. Las cuidaremos bien —dice Anton.

—Nadie saldrá solo a la calle —añade Max—. Pensamos quedarnos aquí en casa.

—Perfecto —responde Markus.

Los dos padres se despiden y se dirigen a la puerta principal. Todos aguardan a que hayan salido.

—Hijo de puta —murmura Max al cabo de un instante.

Liv no dice nada, pero le tiemblan las manos. Encuentra el bolso bajo la mesa, esconde una pastilla en el hueco de la mano y se la mete en la boca cuando nadie la ve.

—¿Cómo te encuentras? —le pregunta Anton preocupado. El tono de su voz es afectuoso y protector.

—Estoy bien —contesta Liv.

—Lo habría matado cuando ha dicho eso de los violadores —dice Max.

—Yo también —se suma Martina, que se levanta de su silla, va hacia Liv y la abraza por detrás.

Así entrelazadas, se balancea con ella lentamente, adelante y atrás.

Liv contempla a Anton, que con expresión amarga se lleva a los labios el whisky de color ambarino.

—¿De verdad lo haríais? —pregunta Liv.

Los otros tres la miran, sin comprender.

—¿Hacer qué? —quiere saber Max.

—Matarlo.

El clima de la reunión se transforma. Se vuelve más tenso. Martina deja de balancearse, se aparta de Liv y se deja caer en la silla.

—Yo sí —responde Anton.

Tiene los labios apretados y su mirada es oscura y decidida.

Por el tono de su voz y por su actitud, Liv comprende que está hablando en serio.

—Incluso os puedo decir cómo hacerlo —prosigue Anton, con una sonrisa amarga que poco a poco se convierte en una risa exenta de toda alegría.

—¿Cómo? —susurra Liv.

—Da igual —interviene Max—. Estamos muy borrachos y es evidente que no vamos a matar a nadie. ¿Os habéis vuelto locos?

Recorre con la mirada los rostros de sus amigos, como buscando que alguien confirme sus palabras. Pero, por una vez, nadie le presta atención. Ni Martina ni Anton se vuelven para mirarlo.

—¿Cómo? —insiste Martina.

Anton hace una inspiración profunda y se reclina sobre el respaldo de la silla.

—Los pilares que sostienen nuestra casa son frágiles. Pueden ceder en cualquier momento y causar el derrumbe de toda la terraza y de la planta baja. Hay que reforzarlos, pero mi padre no tiene dinero. Hace meses que lo sabe, pero sigue aplazando las obras.

—Pero si la casa se viene abajo, morirán todos —objeta Liv—, no solo mi padre.

Anton asiente lentamente.

—Sí, morirán todos. —Bebe un sorbo de whisky y después señala su casa, con el vaso en la mano—. ¿No es eso lo que queréis? ¿Que mueran todos? —pregunta.

Se levanta, va hacia la ventana y se pone a contemplar la fiesta con expresión vacía. Liv se sitúa a su lado. En la casa vecina ve a su padre, que ha vuelto al salón y habla con su madre, gesticulando airadamente. Es muy probable que esté hablando de la luna rota.

Lo que más le duele a Liv es que su madre es consciente de las violaciones, pero prefiere ignorarlas. Es algo que se ha vuelto cada vez más evidente con el paso del tiempo. ¿Cómo puede alguien traicionar así a su propia hija? Liv no lo entiende, ni lo entenderá nunca. Por eso es tan importante para ella el apartamento en el centro, y por eso miente a veces acerca de su madre. Para ella es como si estuviera muerta. Apoya una mano sobre la de Anton y la aprieta con suavidad.

—¿Te atreverías? —murmura.

—Por ti, me atrevería a todo —responde él.

10

Al año no le queda más de una hora, y Max piensa que han pasado más cosas en los últimos instantes que en los doce meses anteriores. ¿Cuántas veces ha fantaseado con matar a su padre por lo que le ha hecho a la familia?

Anton tiene razón.

Es posible hacerlo.

Y nadie sospecharía de ellos.

Sobre todo después de que sus padres hayan llamado a la policía para denunciar la luna rota.

Mira a Liv y a Anton, que están de pie junto a la ventana contemplando la casa vecina. Ve que tienen las manos entrelazadas y siente celos. Ha pasado algo entre ellos. La dinámica de su relación ha cambiado. ¿Cuándo ha sido? Max no lo sabe, pero es imposible no notarlo. Aprieta los puños bajo la mesa, pensando en los golpes recibidos, en su hermano y en cuánto lo echa de menos.

Entonces se levanta de la mesa y se acerca a Liv y a Anton, con la mirada fija en sus manos entrelazadas. Parecen haber tomado ya una decisión.

—Hagámoslo —dice—. Yo también quiero que mueran todos.

Los pilares se yerguen sobre el suelo rocoso y sostienen toda la vivienda. Si ceden, la casa de Anton se desmoronará sobre las rocas de la costa y caerá al agua helada del estrecho. Ninguno de sus ocupantes sobrevivirá.

—¿Cuándo lo hacemos? —plantea Anton.

Max considera su pregunta una buena señal. Vuelve a ser el que manda, el que toma las decisiones. Echa un vistazo a su reloj.

—Cuando den las doce —dice.

Martina se desliza entre Max y la ventana, y apoya la espalda contra su pecho.

—Pero tenemos que planearlo muy bien. Si nos descubren podemos despedirnos de todo.

—El quad —sugiere Anton.

—¿Qué pasa con tu quad? —pregunta Max, sin comprender.

—Lo tengo en el garaje. Si me ayudas a engancharle un par de cadenas y después las atamos a dos de los pilares, yo puedo hacer el resto.

—¿Solo dos pilares? ¿Será suficiente?

—Seguro que sí. Los demás se quebrarán como palillos bajo el peso de la casa. Es justo lo que dijo el tipo que vino a verlos. Por eso es tan importante reforzarlos.

Max reflexiona un momento.

—¿Podrás alejarte a tiempo, antes de que la casa se desmorone?

—Necesitaremos una cadena larga. Quizá podríamos unir dos.

—El peor problema será que uno de ellos salga a la terraza a fumar.

—Martina y yo los entretendremos. —La voz de Liv es casi inaudible. Se aclara la garganta—. Tendré el móvil en la mano y te llamaré a ti, Anton, o a ti, Max, cuando entremos en la casa. Así oiréis vosotros mismos si alguien quiere salir.

Max considera la propuesta en silencio y le parece buena idea.

—Perfecto —acepta—. Después esperaremos a que hayáis salido de la casa y entonces lo haremos.

—Pero tendremos que poner un poco de orden aquí dentro —interviene Martina de repente—.

Cuando venga la policía estará bien que encuentren a cuatro adolescentes un poco borrachos que han pasado una noche tranquila jugando al Monopoly.

11

Mientras se intensifican las explosiones de fuegos artificiales en el oscuro cielo invernal, Max, Anton y Martina recogen y ordenan a toda prisa la casa. Anton y Max han ido al punto de reciclaje para deshacerse de las botellas, mientras Martina y Liv llenan el lavavajillas y dejan sobre la mesa únicamente el tablero de Monopoly.

Al principio Martina pensaba que quizá se olvidarían del plan a medida que disminuyera la concentración de alcohol en la sangre de todos, pero ha sucedido lo contrario. Cuanto más tiempo pasa, con más determinación trabajan.

Martina solo piensa en Adrienne. Por suerte, esta noche su hermana se ha quedado cuidando a unos niños. Cuando todo acabe la tendrá bajo su responsabilidad. Estarán ellas dos solas. Para siempre.

Se abre la puerta principal y oye la voz de Max.

—¿Os falta mucho?

Martina y Liv se miran, echan un vistazo rápido a su alrededor y responden que están listas para salir. Se reúnen todos en el vestíbulo, donde las chicas se contemplan en el espejo con expresión grave, se alisan los vestidos y comprueban el estado de sus peinados y de su maquillaje.

Martina observa a Liv con el rabillo del ojo, preguntándose qué le pasará por la mente en ese momento. Es imposible adivinarlo.

Ella, por su parte, está nerviosa, aunque totalmente determinada a llevar a cabo lo que han decidido. Ya no puede más. El alcoholismo y la ruindad de su madre la han destrozado por dentro durante todos estos años. Las infidelidades de su padre han humillado a toda la familia. Martina nunca se ha sentido querida. O al menos hace mucho que no siente el amor de sus padres.

—Esperad, tengo que ir al baño —dice Liv, y se lleva consigo a Martina al lavabo de invitados.

Martina cierra la puerta con pestillo mientras Liv se baja las bragas y se sienta.

Conoce a Liv y sabe que su amiga quiere contarle algo. Debe de ser alguna cosa que no puede esperar. Siente que el corazón le late fuerte en el pecho.

—¿Qué querías decirme?

Liv parece agobiada bajo el peso de lo que le quiere contar. Se sube las bragas, se incorpora y tira de la cadena.

—Nada —dice al final.

Martina nota que le está mintiendo. Hay algo. Está convencida de que le gustaría revelarle algún secreto antes de ir a ver a sus padres. Sin embargo, abre la puerta y sale del cuarto de baño.

Los chicos las esperan fuera, golpeando el suelo con los pies para entrar en calor.

El aire es gélido y huele a pólvora por los fuegos artificiales. Van por el sendero hasta la casa de Anton. Martina se abraza el cuerpo para combatir el frío. Tiene la piel de gallina. Unas casas más allá se oye una explosión. Segundos más tarde una estrella de luz multicolor se abre en el cielo.

A escasos metros de la entrada de la casa de Anton, se detienen. El todoterreno tiene la luna rota y, durante un segundo, Martina ve ante sí a Liv con el palo de golf en la mano. Enseguida la imagen se desvanece y en su lugar aparece la de su amiga, tumbada en el maletero del vehículo, con las piernas abiertas, violada por su propio padre. Martina nota que también Anton y Max están mirando el coche y piensa que deben de estar viendo lo mismo que ella.

—¿Sabemos todos lo que tenemos que hacer? —pregunta Max.

—Sí —contesta Martina—. Deja de preocuparte tanto.

Desbloquea el móvil, que lleva en la mano, busca el contacto de Max y lo llama. El teléfono de Max se ilumina y empieza a vibrar. Él lo mira, momentáneamente confuso, pero enseguida acepta la llamada y se ajusta en las orejas los auriculares inalámbricos. A continuación hace un gesto afirmativo, se acerca a Anton y los dos se alejan en dirección al garaje.

Liv y Martina se quedan inmóviles un momento.

Justo cuando Liv echa a andar hacia la puerta principal, Martina la detiene.

—Espera.

Liv se vuelve.

Martina avanza un par de pasos y le apoya los brazos en los hombros. Se abrazan con fuerza, hasta que finalmente Martina se separa.

Suben la escalera. Los bajos de la música a

todo volumen que suena en el interior de la casa hacen vibrar la puerta. Al otro lado se oyen voces, risas y tintineo de copas.

Liv llama al timbre.

Martina se mira el reloj. Es un Rolex que le regalaron sus padres cuando cumplió quince años. O, mejor dicho, es el reloj que ella misma se compró cuando sus padres le dijeron que fuera a unos grandes almacenes y eligiera el que más le gustara, porque ellos no podían acompañarla. Faltan veinte minutos para las campanadas.

Se abre la puerta. La madre de Anton está a punto de caer hacia atrás, pero consigue mantener el equilibrio, agarrada al picaporte.

—¡Oh, qué sorpresa! —exclama con alegría.

—Hemos venido a desearos un feliz Año Nuevo —dice Martina con su sonrisa más resplandeciente.

—¡Qué amables! ¿Y los chicos? —pregunta la madre de Anton mirando por encima de los hombros de Martina y de Liv.

Martina abre la boca para contestar, pero Liv se le adelanta.

—Han prometido que se pasarán después de las campanadas —dice.

Entonces entran en la casa lujosamente engalanada. Cuanto más avanzan, más retumba la música y más claras son las voces. La madre de Anton baja el volumen.

—¡Mirad quiénes han venido! —grita señalando a Liv y a Martina.

Siete pares de ojos se vuelven hacia ellas. Es difícil no notar que todos han bebido demasiado. Martina mira con repugnancia al padre de Liv.

—Hemos venido un momento a saludar y a desearos un feliz Año Nuevo, antes de que den las doce —dice, y al mismo tiempo se sorprende de que su voz suene normal, pese a la sensación de asco que le invade todo el cuerpo.

Su madre se adelanta para ofrecerles dos copas de champán y a continuación les da sendos besos en las mejillas. Apesta a alcohol, humo de tabaco y pintalabios, y despide un leve olor a sudor.

Martina agradece que Liv haya tomado la iniciativa de charlar con ella, para no tener que esforzarse. Hace calor en el vasto salón y el aire huele a cerrado.

El padre de Max se le acerca y levanta la copa para brindar.

—¿Lo estáis pasando bien en nuestra casa?

—Muy bien, sí. La cena estaba buenísima. Hemos estado jugando al Monopoly casi todo el tiempo.

—¡Fantástico!

—¿Y vosotros?

—También muy bien. Una buena cena, un poco de baile...

Mentalmente Martina lo ve dándole un puñetazo a un Max de diez años, el mismo niño de cazadora de cuero que se sentaba delante de ella en el colegio y que ya entonces la hacía suspirar.

Detesta a ese hombre.

En ese momento oye que su madre le susurra al oído:

—Pon la espalda más recta. Pareces un saco de patatas.

Martina aprieta las mandíbulas y consigue formar una leve sonrisa.

En realidad le gustaría gritarles a todos que van a morir, ponerlos en fila y explicarles uno a uno los motivos. Pero no lo hará.

En lugar de eso habla de nimiedades con el padre de Max mientras sus pensamientos están dos plantas más abajo, donde Max y Anton, según lo planeado, estarán sacando el quad a la nieve y atando las cadenas a dos de los pilares. Espera que acaben pronto.

Echa un vistazo al reloj y ve que faltan diez minutos para las doce.

Intercambia una mirada con Liv y señala discretamente la puerta principal. Quiere salir cuanto antes, alejarse de esas personas, de sus mentiras y sus sombras. Liv le indica con un parpadeo que la ha entendido.

—Bueno, os dejamos en paz —dice Martina apoyando una mano sobre el hombro del padre de Max.

No le quita la vista de encima a Liv para ver si se despide de sus padres, pero su amiga ni siquiera les dirige una mirada. Se marcha con la espalda erguida y la cabeza bien alta hacia la puerta principal.

—¡Los odio tanto! —le susurra Martina cuando llegan al vestíbulo.

—Yo también —responde Liv, y entonces Martina descubre que su amiga vuelve a tener los ojos llenos de lágrimas.

—¿Te arrepientes? —le dice en voz baja.

—No, para nada —contesta Liv.

En cuanto la puerta de la casa se cierra a sus espaldas, Martina se lleva el móvil al oído.

—¿Estáis listos? —pregunta.

—Lo siento, todavía no. Este puto quad es más

pesado de lo que creíamos. Pero pronto habremos terminado —explica Max jadeando.

—¿Qué hacemos Liv y yo? —quiere saber Martina.

—Volved a mi casa. Nosotros nos ocupamos del resto. Acercaos a la ventana y disfrutad.

12

El garaje huele a gasolina y a humedad, un olor que a Anton le encanta desde que tiene memoria. El quad es un regalo que recibió cuando cumplió quince años, y al cabo de medio año ya lo había aburrido. Retira la lona verde que lo cubre y nota que Max contempla impresionado el vehículo negro.

—¿Recuerdas cuando lo cogimos para ir a Estocolmo?

Anton estalla en carcajadas.

—A comprar hamburguesas, ¿no?

Max niega rápidamente.

—Era kebab.

Las chicas están en uno de los pisos de arriba, por encima de sus cabezas, en una casa que pronto dejará de existir. Anton comienza a buscar cadenas en los cajones y armarios, pero lo único que encuentra son sogas del barco de su padre.

—¿Será suficiente con esto? —pregunta enseñando un par de metros de cuerda.

Max se acerca, pasa una mano por la soga y tira con fuerza. Finalmente asiente.

—Sí, claro que sí.

Escogen dos de las cuerdas, las extienden sobre el suelo de hormigón y las miden con sus pasos.

—Casi diez metros. Deberían servir.

Anton coge de un armario la llave del quad, la inserta y la gira, sin encender el motor. En lugar de eso pone el punto muerto y quita el freno.

Max coloca las cuerdas sobre el asiento, se apoya en el capó y empuja. Se oye la música a través de las ventanas cerradas. Está sonando *The Final Countdown*, de Europe. Al otro lado del estrecho y en los demás jardines ya ha empezado la celebración. Los cohetes suben y estallan en el cielo.

Anton mira con el rabillo del ojo a Max, que tiene la cara contraída en una mueca por el esfuerzo. El sudor le brilla en la frente mientras empuja el quad, empleando sobre todo los músculos de las piernas. Han decidido que no encenderán el motor hasta el último segundo.

Max levanta una mano y los dos se detienen a recuperar el aliento.

Uno junto al otro, debajo de la terraza, contemplan los pilares de madera que sostienen la casa.

—¿Cuáles son los que están peor? —pregunta Max.

—Todos están mal, supongo.

Avanzan unos pasos e iluminan la superficie de uno de los pilares con el teléfono de Max. La madera parece frágil y porosa. Anton le pasa un dedo por encima y hace una mueca de disgusto cuando se le clava una astilla.

—Podemos intentarlo con los que tenemos más cerca.

—¿Al mismo tiempo? —pregunta Anton.

—Si es posible, sí. Vamos a buscar las cuerdas, con cuidado para que no nos descubran. En cualquier momento podrían salir a la terraza a brindar.

Sigilosamente Anton y Max vuelven al quad, aparcado en ángulo detrás de la casa, para que nadie lo vea. Cogen una cuerda cada uno y la llevan hacia la hilera de pilares. Con movimientos rápidos y decididos atan cada uno la suya en torno a uno de los pilares, la desenrollan y la llevan de vuelta hasta el quad, donde la aseguran al asiento trasero.

Anton ve relucir por un momento el agua del estrecho, brillante como una balsa de aceite, cuando una estrella de fuegos artificiales estalla con estruendo.

A su lado Max consulta el móvil y le hace un gesto.

—Un minuto —le dice.

En ese mismo instante se abren las puertas de la terraza. La música, amortiguada hasta entonces por los dobles cristales, resuena con toda su potencia. Los bajos retumban en el vientre de Anton.

—Perfecto —confirma Max moviendo solamente los labios.

Anton no contesta.

Con los puños apretados levanta la vista hacia la terraza. Adivina las sombras, las risas, la alegría. Se vuelve y contempla la casa de Max. En la ventana vislumbra las figuras de Liv y Martina.

Agita un brazo para saludarlas y ellas le responden del mismo modo.

Traga saliva, se sienta en el puesto del conductor y agarra el manillar.

—Veinte segundos —susurra Max—. Suerte

—añade, y enseguida desaparece tras la esquina de la casa, andando con la cabeza gacha por el sendero.

Va a abrir la puerta de su garaje para esconder el quad cuando todo haya terminado.

Anton empieza a contar los segundos mentalmente, pero lo hace con demasiada lentitud. Cuando apenas va por el quince, una explosión de fuegos de artificio ilumina la noche. Desde la calle, los jardines y la costa, suben al cielo cientos de cohetes. El estruendo es ensordecedor y hace temblar el suelo y la casa.

Es imposible que alguien distinga el motor del quad entre tanto ruido.

Gira la llave y el vehículo arranca. El motor ruge, pero se pierde entre los petardos y los cohetes.

Anton pone la primera marcha, echa una última mirada a la casa y acelera a fondo.

CUARTA PARTE

13

Liv está de pie junto a la ventana y siente el brazo de Martina sobre sus hombros. Fuera, en la oscuridad, los chicos se mueven con rapidez, se escabullen a toda prisa bajo la casa, arrastran cuerdas, hablan entre ellos. Al final solo queda Anton, sentado en el quad.

Liv no ha notado el momento en que Max ha desaparecido, y lo busca entre las sombras. Anton ocupa su puesto al mando del quad con la espalda erguida y actitud firme. Liv no le ve la cara, pero intuye que su expresión debe de ser grave y determinada.

Cuando estalla el cielo en mil fuegos artificiales, Martina grita. Luego se acerca a la ventana hasta rozar el cristal con la frente.

—¿A qué está esperando? —susurra ansiosa.

Sin que Liv tenga tiempo de contestar, el quad se pone en marcha y comienza a moverse. Liv abre mucho los ojos.

Al principio no pasa nada.

Después los pilares ceden.

Uno tras otro, van cayendo como cerillas.

Primero se derrumba la enorme terraza y, al cabo de unos instantes, le sigue el resto de la casa, que se desploma sobre las rocas y cae en las aguas gélidas del estrecho.

Martina grita con todas sus fuerzas. Liv sonríe.

Minutos más tarde los chicos entran corriendo en la casa y se acercan precipitadamente a la ventana para contemplar el espectáculo.

De la casa vecina no quedan más que escombros.

Sus ocupantes han muerto o luchan por su vida en el agua helada.

Pero no hay nadie que los ayude.

Cuando llegan las ambulancias y la policía, los cuatro jóvenes salen a recibirlos. Saben interpretar su papel. Gritan, lloran, se mesan los cabellos y llaman a sus padres con voces desgarradoras.

Pero por dentro se sienten felices.

Y son libres.

AGRADECIMIENTOS

Ante todo, quiero darle las gracias a mi familia. Sin ellos no habría ningún libro. Simon, Wille, Meja, Charlie y Polly. No solo sois mi inspiración, sino que además dais propósito y sentido a todo lo que hago.

He de decir que los libros, pese a lo que muchos puedan creer, son un trabajo en equipo. Por eso hay muchas personas a las que debo dar las gracias: a todo el equipo de Forum; a mi editora, Ebba Östberg, y a mi correctora, Olivia Demant. A todo el personal de la agencia Nordin, en particular a mi agente, Joakim Hansson. También me ha apoyado y ayudado mucho Lili Assefa, mi publicista y manager.

Por último, quiero darle las gracias a mi amigo y talentoso colega Pascal Engman, que ha sido para mí un gran apoyo en la realización de estos libros.

Otros títulos de la autora en Booket

booket